JN152030

仕舞屋侍(しまいやざむらい)

青紬(あおつむぎ)の女

辻堂魁

徳間書店

目次

序　旅の始まり　5
其の一　老侍　45
其の二　御家人（ごけにん）の娘　110
其の三　望郷　197
其の四　北へ　281
終　償い　333

序　旅の始まり

　青紬(あおつむぎ)を裾短(すそみじか)に着けたその女は、ひとり旅だった。

　玉結びを手拭(てぬぐい)で覆(おお)って勾配(こうばい)のゆるやかな菅笠(すげがさ)をかぶり、白の手甲脚絆(てっこうきゃはん)、白足袋(しろたび)草鞋(わらじ)に後ろがけに紐(ひも)を結(ゆわ)え、杖(つえ)を手にする旅拵(たびごしら)えが凛々(りり)しかった。

　女は並みの男より高いすっとした背丈に見えた。

　細身の背中へ風呂敷(ふろしき)にくるんだ手行李(こうり)をかついで胸に結え、菅笠の下の容顔(かんばせ)を隠すように俯(うつむ)き加減に目を伏せ、大宮郷(おおみやごう)より青梅道(おうめどう)にいたる山間(やまあい)の往還(おうかん)を足ばやに歩んでいた。

　女が秩父(ちちぶ)大宮郷を出たのは、その日の朝だった。

　日原(にっぱら)をすぎ、氷川(ひかわ)で青梅道に入った。青梅道へとったのは、氷川を縄張りにする顔利きに挨拶(あいさつ)する用があったからだ。

小丹波、二股尾、そして奥多摩の山の端に入り日がかかるころ青梅宿に着いた。

青梅宿は、江戸と甲州を結ぶ甲州裏街道青梅道の宿駅である。

江戸にも知られている青梅の梅ははや終わる季節だが、奥多摩の山方と玉川沿いの里方との交易の市場町でもあるため、夕暮れ近い往来は、江戸から甲州、あるいは甲州から江戸を目指す旅人のみならず、木材や綿織物の取引に訪れた田舎役の江戸の商人、荷馬を牽く馬子や宿場人足らがゆき交い、旅籠の女らの、「おはいんなせ」と客を引く声で賑わっていた。

宿場のはずれに近い茅葺屋根の旅籠に、女はその日の宿をとった。

女のひとり旅を、宿の亭主は訝しんだ。

しかし、菅笠と手拭をとった女が、いくぶん鼻筋の尖った顔容の、燃えるような朱の唇をわずかに歪め、広い額とすっと刷いた眉の下のきれ長な二重の目をまっすぐ向けると、亭主は女の鋭く凜とした眼差しにはっとさせられた。女のどこかしらひとり旅に慣れた渡世人のような凄みにたじろぎ、

「ようこそ、おいでなさいまし」

と、訝しみを愛想笑いにまぎらわせたばかりだった。

宿の泊り客は多くなかった。

宿の女に、二階の低い屋根裏の、梁(はり)が剝(む)き出した古ぼけた六畳間へ通された。出格子(でごうし)窓の下の裏庭に、棟続(むねつづ)きの板葺(いたぶき)屋根の据(す)え風呂が、煙をゆるゆるとのぼらせていた。湯殿(ゆどの)から、男らののんびりした話し声が聞こえる。

裏庭を囲う疎林の彼方(かなた)に、暮色の中にまぎれてゆく山影と、山の麓(ふもと)の百姓家に明かりの灯(とも)り始めている里の景色が眺められた。

山の端に日が陰り、往来の賑わいは、覆い始める闇(やみ)を恐れるかのように急にひっそりと静まっていった。

宿の女が、行灯(あんどん)に淡い明かりを灯していった。

旅装を解いていたところへ、亭主が宿帳をたずさえ再び顔を見せた。亭主の差し出した宿帳に、女は達筆な文字で記した。

大宮郷下町差配人又十郎使用人まさ　二十七歳。

「又十郎親分さんのお身内の方でございましたか。それはそれは……」

亭主が合点(がてん)したかのごとくに頷(うなず)いた。

大宮郷下町の又十郎は、大宮郷で開かれる関東絹六斎市(ろくさいいち)の市立(いちだ)ての、表だっては差配人で通っている。だが、陰では市立ての際に起こるもめ事やごたごたの間に入り、顔を利かしてとりなし収める。

すなわち、近在の番太や荒くれどもを従える親分であり、貸元であり、土地の顔役である。又十郎の名は、青梅宿の近在にも知れわたっていた。

「おひとりで、どちらまで旅をなさるので」

亭主は、馴れ馴れしい口調におまさへの好奇心をにじませた。

「江戸の両国でお堀の常浚いの請負人をなさっている斗右衛門さんに、ご挨拶にうかがう用がございましてね」

さらりとした口調に少々の棘をまぜて投げると、亭主は「はあ、さようで」と、首をすぼめてうす笑いをかえした。

「風呂はいかがなさいますか」

「お風呂は……」

おまさは、出格子窓のほうへ顔を向けた。陰りをます夕景色に、風呂場の男らの声がまだまじっている。

「夕餉が済んでからに、いたしましょう」

「それがよろしゅうございます。お若い女の方は、男の方々と一緒に入りにくいものでございます。土地の婆さんどもと、同じにはいきません。あはは……それで、夕餉にお酒は」

「一本、いただきましょうかね」

「燗で。それとも冷で」

「ぬるめの燗で」

「承知いたしました。では、ほどなく夕餉の支度が調います。それまでごゆっくりとおくつろぎください」

おまさは旅装を解きながら、江戸までの旅程をぼんやりと思い廻らした。

急ぎ旅ではなかった。明日は新宿泊りにして明後日の夕刻に両国の斗右衛門を訪ね、市谷へはその前に、とそこまで考えたとき、懐かしさと負い目に胸を締めつけられた。

江戸を出て七年、足かけ八年目の晩春だった。心の中でどれだけ詫びを繰りかえしても、気持ちは晴れなかった。

旅装を解くと、また出格子窓の敷居に肘を乗せて寄りかかった。

宵の空は昼の名残りの青味が、まだかすかにかかっていた。ただ、山里の景色はみな、暗がりの中に沈み消えていた。

風呂場の男らの声は途絶え、明かりだけが裏庭の暗がりへこぼれている。

ああ、なんて苦しいんだろう。

おまさは自分を許したことはなかった。

うな垂れ、深いため息をついた。と、ため息に合わせたかのように、高く細い声が部屋の外の廊下で唄い始めた。

「さても見事なおつづら馬よ。下にゃ氈しき小姓衆をのせて……」

童女の唄声だった。無邪気な唄声が、おまさの苦しい胸をなでた。唄声は続きを知らないのか、「さても見事なおつづら馬よ」と繰りかえした。

おまさは顔をあげ、廊下側の引違いの腰障子を気だるげに見やった。そして、出格子窓から離れ、廊下側の障子戸のそばへいった。

障子戸をそっと引いた。

行灯の薄明かりが、童女のふり分け髪の頭と、着物の花柄模様の上に着た《袖なし》の赤色、裾から出た小さな足に着けた白足袋を淡く映した。

童女はおまさの部屋の前の廊下の手すりにつかまり、手すりの下の宿の土間を見おろしながら、おつづら馬を口ずさんでいた。階下の、夕餉の支度にかかっている宿の者の声や碗（わん）や膳（ぜん）の触れる物音が、童女の無邪気な唄声にまじっていた。

おもわず、ふっ、と声が出た。

童女が気づき、唄うのを止めてふりかえった。

手すりをつかんだまま、赤く丸い頰（ほお）と黒めがちな二重の大きな目を、不思議そうにおまさへ向けた。せいぜい三つか四つの、ようやく自在に動き廻（まわ）れるようになった年ごろに見えた。

「こんにちは」

「こんにちは」

おまさが笑いかけて先に言い、童女がたどたどしくこたえた。

「お名前は？」

「お玉。おばちゃん、お名前は？」

「おまさよ」

「おまさちゃん？　可愛（かわい）いお名前ね」

お玉は白い小さな歯並びを見せ、愛くるしく微笑んだ。

「お玉も可愛いお名前だよ。お唄が上手だね。誰に習ったの」

「お志麻ちゃん。お志麻ちゃんはご近所のお友だちなの。お唄がとても上手なの」

「お玉のお国はどちら？」

「お江戸だよ。父ちゃんと母ちゃんと一緒に、お祖父ちゃんとお祖母ちゃんちへいくの。お祖父ちゃんとお祖母ちゃんちは、うんと遠いところなの。でも、もうすぐ着くんだよ」

「そう。お祖父ちゃんとお祖母ちゃんちへいくのかい」

うん、とお玉は大きく頷いて見せた。

「お楽しみだね」

「おまさちゃんは、ひとりなの？」

「気楽なひとり旅さ」

「きらくなって？」

訊きかえしながら、お玉は伸びをしておまさの後ろの部屋をのぞいた。

おまさは障子戸を広く開けて、お玉に見せてやった。

部屋の隅に布団が積まれてあり、おまさの小さな手行李が見えるだけの部屋を見廻し、「入っていい？」とお玉は無邪気（むじゃき）に言った。

「いいよ」

お玉は部屋を小走りになって出格子窓へいき、出格子にちょこなんと乗った。手すりに両肘を乗せ、昼の名残りのかすかな青味も消え満天の星がきらめく夜空を見あげた。星空を背に、つらなる山の影がくっきりと見分けられる。

「きれい」

お玉は星空を見あげ、嬉（うれ）しそうに言った。

おまさはお玉の後ろに佇（たたず）んで、赤い袖なしの肩に手を触れた。お玉の小さな肩から、長い指や掌（てのひら）にやわらかいぬくもりが伝わってきた。掌の心地よさが、おまさの苦しみを慰（なぐさ）めた。

「おまさちゃん、ひとりで寂しくないの」

おまさを見あげ、お玉が言った。

「寂（さび）しいときもあるよ」

「寂しいと、泣くの？」

「子供のときは寂しいと泣いたよ。けどね、今は辛抱できるようになったから泣かないの」

「泣かずに辛抱するの？　えらいのね。お玉はすぐ泣いちゃうの。だから父ちゃんが、お玉は弱虫だって言うの」

「大きくなったら、弱虫じゃなくなるよ」

「大きくなったら？　おまさちゃんみたいに？」

おまさは笑った。

廊下のほうで、男の声が「お玉、お玉……」と呼んだ。

「あ、父ちゃんだ」

お玉は出格子をおり、廊下側の障子戸のそばへ小走りに戻り、隠れていた穴から顔をのぞかせるように、廊下へ顔を出した。

「うふ、父ちゃん、ここだよ」

「あ、お玉、何をしている。部屋から離れちゃいけないと言っただろう」

妙に甲走った声がお玉を叱った。足音が忙しなく近づき、薄暗い廊下に父親らしき姿が現れた。父親は、「おいで」と、お玉の手をにぎり締めた。

「おまさちゃんと、お話ししてたの」

お玉は父親を見あげて言った。

出格子窓のそばに佇んだままのおまさと、廊下の父親の目が合った。

廊下は薄暗くて顔つきはよくわからなかった。若い痩せた男だった。驚いたようにおまさを見つめ、「お邪魔いたしました」と、慌てて辞宜をした。

「いえ」

おまさもさり気なく頭を垂れた。

「じゃ、またね」

父親に手を引かれながら、お玉が手をかざした。

「またね」

と呟いたが、肩まで上げた手のやり場を失い、力なくおろした。明かりが消えたみたいに、部屋は行灯ひとつの寂しい薄明かりに包まれた。

弱虫なんかじゃないよ、とおまさは思った。

夕餉が済んでほどなく、宿の女が、そろそろ風呂が仕舞いになるので、と知らせにきた。

廊下に出ると、二階のどの部屋も、はや明かりが消えていた。

階下へおり、据え風呂へいった。

柱にかけた燭台の小さな灯火が、二、三人は入れそうな五右衛門風呂の湯船とたちのぼる湯気を、薄暗い湯殿の中に映していた。

明かりとりの板戸を少し開け、湯船に浸った。

おまさの肌に触れた熱い湯が、音をたてるかのようにはじけた。

湯に浸って明かりとりから星空を眺めつつ、また物思いに耽った。

おまさは、秩父大宮郷の又十郎の身内ではなかった。又十郎に引き止められ、ひと月近くも草鞋を脱いでいた。

「両国の斗右衛門が、おまささんを両国にぜひ招きてえと言って寄こした。おらはいかせたくはねえんだが、斗右衛門には義理があってな。どうだい。どうせ旅に出るなら、江戸見物がてら、斗右衛門のところへ寄り道して、ひと稼ぎしねえかい。そのあと、できればまた秩父へ戻って、青紬のおまさの壺ふりを見せてもらいてえんだが」

と、又十郎に頼まれた。

江戸へ戻ることに決めたのは、又十郎に頼まれたからではなかった。

おまさの性根は、二度と戻るまい、と江戸を捨てたときから定まっていた。けれど、あれから七年の歳月がすぎ去っていた。女だてらに、と言われる旅人渡世の中で江戸を捨てた負い目に責められた。

帰って詫びたい、会ってひと言詫びれば、という一心だった。

あとは野に朽ち果てる、それでいいのさ、とおまさは物憂く思うのだった。

そのとき、低く忍ばせた男の声が、まるで湯船に浸っているおまさの耳元でささやくように聞こえた。

「どうだ」

「おりやす。間違えありやせん。野郎、良太という名に変えておりやす。女房とがきがひとり……」

男のささやき声が、明かりとりの格子の外でこたえた。

おまさの物憂い思いは破られた。思わず、がき？　と首をかしげた。ぴち、と湯が小さく跳ねた。

「ほかに泊り客は」

「旅の商人らしいのが二組。それに女のひとり旅。それだけでやす」

「よかろう。客のほうは大したことはねえな。宿のやつらが騒いだら、お上の御用だ、邪魔するとしょっ引くぞ、と大声で喚け」

「野郎が逆らいやがったら、どうしやす」

「どうせ女房もがきも始末するんだ。かまわねえから打った斬れ。こっちは、金さえとり戻しゃあそれでいいんだ」

男らはこの刻限、板壁一枚隔てた風呂場の湯船に、宿の客が入っているとは思っていないふうだった。

「いくぜ。ぬかるな」

数人の草鞋の音が裏庭で鳴った。

三人の足音が数えられた。

おまさは顎まで湯に沈めた。息をつめ、男らの足音が消えるまで動かなかった。

すぐに足音が消え、あたりは静けさに凍りついた。

途端、湯船を飛び出した。濡れた身体のまま着物一枚をまとい、きゅっきゅっ、と帯をだらりに締めながら湯殿を走り出た。

充助は白湯をもらいに階段をおりかけ、旅姿の常吉が階下の前土間で宿の亭主に何事かを問い合わせている様子を見かけた。

身体中の血がさがるほど、動転した。

はじけるように階段わきの暗がりへ身を隠した。手にした土瓶が落ち、ごろ、と廊下を転がるのを慌てて拾った。

それでも、暗がりに身をかがめ、階下の前土間を恐る恐るのぞいた。

常吉は合羽と三度笠をひるがえして表戸の潜戸から出てゆき、戸締りをした亭主が手燭を提げて内証に戻っていくのが見えた。

足が震えて、立つのがやっとだった。

部屋へ走る足が萎えてもつれた。

「お、お、お紺。起きろ。やや、やつらだ……」

部屋に飛びこんで言ったが、声も震えて言葉が続かなかった。

「どうしたの、おまえさん」

お紺とお玉が布団から上体を起こした。お玉は眠そうに目をこすっていた。

部屋は充助が白湯をもらいにいくのにつけた行灯が灯っていて、お紺の怯えと戸惑いのまじった目が、充助にいっそうの恐怖をかきたてた。

「つ、常吉だ。下で見た。ぞ、造六の手下だ。造六が、追ってきた」

やっと声を絞り出した。

「ええっ、おまえさん、どうしてここが知れたんだい」

「わからない。支度をしろ。逃げる、逃げるんだ。ここ、殺されるぞ」

充助は声を絞り出した。

お紺は悲鳴のような返事をかえして跳ね起きた。

お玉は布団から逃れ出て、父ちゃんと母ちゃんがどたばたと慌てている様子を見て、恐ろしくて悲しくなった。しくしくと泣き始めた。

「着替えている暇はない。こ、このままで、逃げるんだ。着物も持ち物も、全部行李につめろ。わたしがかつぐ」

充助は声を忍ばせて急がせ、帷子を尻端折りにして道中差しを腰に差した。

と、ふと気づいて、部屋の隅で泣いているお玉を手荒く抱きかかえた。

慌てて着物を着替えさせた。蘇芳色の羽二重の厚地の帯を、お玉が「ううん」

とうめくほど強く締め、袖なしを着せ、手甲脚絆に足袋を履かせた。お玉は、

「父ちゃん、痛い」

と、荒っぽく着せる充助に泣きながら言った。

「泣くんじゃない」

お玉は、懸命に堪えて小さな唇を結び、涙ぐんだ目を向けていた。充助は、震えながらもお玉を見据えて言った。

「いいか。ゆ、夕方、ご飯をいただく前に、お玉がお話ししていたおばちゃんを覚えているな」

お玉は、こくりと頷いた。

「あのおばちゃんのお部屋にいって、隠れていなさい。父ちゃんと母ちゃんはあとでいく。そ、それまでおばちゃんのお部屋にいさせてもらうんだ。わかるな」

「おまさちゃんのお部屋へ、いけばいいの？」

「そ、そうだ。あとで、あとでいくからな。父ちゃんの買ったこの帯を、大事にするんだよ」

充助がお玉の蘇芳色の帯を二度叩いた。

「お、おまえさん、お玉をおいてゆく気なの」

お紺がお玉を、ぎゅっと抱き締めた。

「仕方がないんだ。お玉を連れては逃げられない。造六に捕まったら、わたしらだけじゃなくてお玉も、こ、殺されてしまうんだぞ」

充助は抑えた声を絞り出し、お紺にすがるお玉を無理やり引き放した。

「ひいい……」

お紺は声を甲走らせ、口を掌で覆って涙をあふれさせた。

「そうだ……」

そこで充助は、仕舞いかけの行李から矢立（やたて）と巻紙と財布をとり出し、大急ぎで巻紙に何かを書きしるした。巻紙を引き破って財布の中の十両を包み、それをお玉の小花の葉のような小さな両手ににぎらせた。

充助はその上から両掌でくるみ、お玉にくっつきそうなほど顔を近づけた。

「いいか。お玉はもう、若松町のお家に戻っちゃいけないんだぞ。あそこはもう、おまえのお家じゃないんだからね。これをおばちゃんに、こっそりわたすんだ。こっそり、おばちゃんだけにだぞ。それから、父ちゃんがお願いしますと言った、と言うんだ。父ちゃんがお願いしますだ。言ってごらん」

「父ちゃんが、お願いします……」

お玉がたどたどしくこたえた。

「うん、それでいい。おばちゃんがいい人であることを、祈っているよ」

充助はお玉の懐の、帯の締めつけるあたりまで深く紙包みをねじこんだ。

「大丈夫だよ。おまさちゃんはいい人だもの」

「そ、そうか。そうであればいいな。お玉が言うのだから、きっとそうだ」

充助はお玉を抱き締め、ぼろぼろと涙をこぼした。

「お玉、許しておくれ。父ちゃんと母ちゃんは、おまえを守ってやれない。父ちゃんと母ちゃんは、天罰を受けても仕方がないんだ。けどお玉は違う。おまえは心の優しいいい子だから、きっと神さまが守ってくれるよ。寂しくても泣くんじゃないよ。辛抱するんだ。さあ、もうおいき」

ところがそこに、宿の階段を軋ませてあがってくる足音が聞こえた。

「おまえさんっ、き、きた」

お紺がうろたえた。

充助は咄嗟に、出格子窓の戸を引き開けた。お玉の両脇をとっていきなりかかえあげ、出格子の外へ立たせた。出格子の外は、茅葺の狭い庇屋根になっていた。お玉の後ろに夜の闇が広がっている。

「恐いよ、父ちゃん」

お玉は出格子の手すりにすがって震えた。

「辛抱するんだ。手すりを伝っていくんだ。いきなさい。いけ」

充助は、震えているお玉の小さな肩を押した。

途端、部屋の障子戸が音をたてて開いた。

ふりかえると、旅姿の造六と常吉、そして巨漢の俊太が廊下に立っていた。

三人ともに腰に長どすを無造作に差し、黒の脚絆、素足に草鞋の土足のままだった。造六は部屋を見廻し、お紺から充助へひと重の目を向けた。

「とんでもねえことをしてくれたじゃねえか、充助。ええ、お紺」

造六に続いて常吉と俊太が部屋の畳を撓ませた。

巨漢の俊太は、屋根裏に届きそうな首を曲げて、後ろ手に障子戸を閉めた。

充助とお紺は、出格子窓のほうへ後退った。お紺は充助の背後に隠れ震えた。

「ぞ、造六さん、ご用は、なな、なんですか」

「ご用はなんですか、だと。てめえ、この期におよんでまだしらばくれる気かい。ふん、秩父道をとらず、わざと青梅道をとって、そんな姑息な手でおれたちの目をくらませると思ったかい。てめえ、大人しそうなふりをしやがって、存外、腹は黒いじゃねえかい」

　低い声がいっそう不気味だった。

「わたしが、何をしたと言うんですか。か、金がほしけりゃ、持っていけばいい。これがあり金の、全部です。ほかに、ありませんから……」

　充助は畳においた燕口の財布を、造六の足下に蹴った。

　常吉が燕口を拾い、紐を広げて中をのぞいた。

「二朱銀が三枚と、あとは銭が少々でやす」

　造六が財布をつかみ、中を確かめた。

「くそ。ふざけやがって、てめえ、ぶっ殺すぞ」

　造六が白目をむいた。

　行灯の薄明かりに照らされた三つの顔が、どす黒くくすんでいた。

「死にたくなかったら、金をかえせ。てめえらが盗んだ金を、かえせってんだよ。三つ数えるまで待ってやる。金を差し出すか。それともてめえの命を差し出すか、どっちかだ。ひとおつ」

「ない。金などない」

「二つう」

「や、やめろっ」

充助は、震える手で道中差しの柄をつかんだ。

「三つ」

造六が言った途端、傍らの常吉が抜き放った。

「この泥棒猫が」

長どすが充助の額を割った。

赤い亀裂が額から頬へ走り、充助は短い悲鳴を発して顔を伏せた。

抜いた道中差しが、宙を泳いだ。

前のめりに沈みそうになる腹へ、「おりゃあ」と常吉は長どすを突きこんだ。

あぐ、と充助は喘いだ。

常吉は充助の身体を蹴り飛ばし、長どすを引き抜いた。充助は血を噴き、出格子窓へ倒れこんだ。

はずれた板戸が、暗がりの中へ落ちた。

女房のお紺が悲鳴をあげた。

だが、俊太の大きな手に顔を鷲づかみにされ、ひとひねりで首を折られた。声が途絶え、部屋の隅へ倒れたところに、長どすで止めを刺された。

「あれ、親分、金がありやせんぜ」

常吉が行李をひっくりかえして言った。

常吉は散らかった荷物や着物をつかんでは投げ捨てた。

「そんなはずはねえ。小さな包みじゃねえ。あるはずだ。探せっ」

造六が散らかった荷物をかき廻した。

「充助と女房の身体を調べろ」

出格子窓に凭れかかって息絶えた充助の懐や身体中を、常吉が探った。俊太はお紺の亡骸を調べたが、金らしき包みは見つからなかった。

「野郎、どこに隠しやがった」

「あ、親分、がきが逃げやすぜ」

常吉が、出格子窓から身を乗り出して喚いた。

お玉は出格子につかまりつつ、茅葺屋根の庇を一歩ずつ進んでいた。父ちゃんと母ちゃんのいる部屋の出格子窓から、にゅう、と首の飛び出た見知らぬ男と目が合った。お玉は悲鳴をあげた。

「がきぃ」

男が叫び、それから恐ろしい顔が次々に現れ、三つ重なった。

お玉は怯えながら、格子を伝って懸命におまさの部屋のほうへ逃げた。

庇に葺いた茅がすべり歩きにくかったが、格子にすがって堪えた。

格子のないところは、板壁の隙間に指を入れてつかまり、恐る恐る進んだ。

父ちゃんに言われたとおり、恐くても泣かずに辛抱した。

「おまさちゃん」

と呼んだ。

隣の部屋にお客はなく、おまさの部屋はもうひとつ隣の部屋だった。

すぐおまさちゃんの部屋の窓だと思ったとき、男のひとりが出格子を乗り越え、格子伝いに大股(おおまた)でお玉を追いかけてきた。

「がきが世話あ焼かせやがって、動くんじゃねえ」

男がお玉に見る見る迫ってきて喚いた。

「おまさちゃん、助けて」

お玉は目を閉じて懸命に声を張りあげた。

途端、足が茅葺をすべった。

すがっていた格子から手が離れ、お玉の身体は茅葺の庇をするするとすべり落ちていった。

「おまさちゃあん」

お玉は叫んだ。

すると、部屋の障子戸が開き、おまさが顔を出した。

するすると離れていくお玉に、おまさは笑いかけていた。

そして、長い手が格子の上からお玉を追いかけてきた。温かくやわらかい手がお玉の手首をしっかりとつかみ、お玉の身体を夜空高くへ吊(つ)りあげた。

お玉はおまさの片手一本で高々と吊りあげられ、満天の星を見あげた。

きれい、とお玉は思った。

そこへ常吉が近づいた。常吉は片手で格子をつかみ、もう一方を夜空のお玉へのばした。

だが、窓ぎわにいるおまさに気づいて、「あ？」と言った。

瞬間、おまさの拳が眉間に叩きこまれ、火花が走った。

常吉の身体は絶叫とともに吹き飛んで、風呂場の板屋根の庇をへし折り、裏庭に叩きつけられた。

おまさはお玉を夜空から引き戻し、脇に軽々と抱きかかえた。

お玉は人形のように四肢を広げ、「わあ」とふり廻された。

階下から宿の者らが駆けあがってきたが、造六と俊太は、

「御用の筋だ。邪魔するとしょっ引くぞ」

と喚きつつ、おまさの部屋へ走っていた。

階段をあがった亭主と宿の者らは、長どすを抜いた造六と俊太の形相と喚き声におののき、慌てて階下へ逃げおりた。

造六と俊太は障子戸を開け放った。部屋は暗かった。しかし、青色らしき着物

を着けたおまさがお玉を脇にかかえているのは見分けられた。

「女、がきに用がある。寄こせ」

造六が無造作に近づき、声を凄ませた。

おまさはもう一方の手を懐に入れ、斜にかまえた。

「女、てめえ……」

言いかけた造六におまさが言った。

「人は物じゃないんだ。言葉に気をつけな。けがするよ」

「なんだと」

造六は怒りにかられた。ついでに叩っ斬る、と荒々しく思った。妙に隙のない風情だが、高が女一匹と思った。

「邪魔するんじゃねえ」

と斬りかかった一瞬、おまさは懐から抜いた匕首の鞘を咥え、抜き放ち様に造六の長どすを打ち払った。

造六は長どすをかえす間もなく、白磁の腿も露わに蹴り出した長い足にしたたかに蹴り飛ばされた。

ひと蹴りで、障子戸を破って廊下へ突き倒された。

手すりに倒れこんで背中をしたたかにぶつけ、どしん、と尻餅をついた。

「てめえっ」

巨漢の俊太がおまさに襲いかかった。

ふり上げた刀が低い屋根裏の梁を、がらがらとこすった。かまわず力任せに打ちこんだ一撃を、おまさはお玉を脇に抱きかかえたまま素早くかいくぐって躱し、俊太の太い腹へ匕首を、びゅん、と走らせた。

「あ痛、あ痛たた……この女、許さねえ」

俊太は太い腹をかかえて身体をひねった。

ふり向いた途端、おまさはすかさず俊太のわきを再びかいくぐりつつ、鋭く斬り抜いた。

俊太の声が悲鳴になった。血が噴き出て着物を赤く染めてゆく腹を押さえ、おまさへふり向いた。

斬られた腹を押さえて巨体を折り、かざした長どすが痛みに震えた。

「けがするよと、言ったろう」

言いながら、おまさの匕首が俊太の額を割った。

俊太はそむけた。

その顔面へ続けて一撃を浴びせた。

俊太は、「わあっ」と叫び、長どすを落とした。血だらけの両手を顔の前にかざし、

「やめてくれ」

と泣き声になった。

だが、その両手にもおまさは容赦なく縦横に繰りかえし斬りつけた。

堪(たま)らず、俊太は後退り、最後にひと声を発して凭(もた)れこんだ手すりの上で一回転し、階下の土間に転落した。

宿の者らの悲鳴と、何かが倒れる激しい物音がした。

それを見ていた造六は階段まで廊下を這(は)い、転げ落ちるように階下へ逃れた。

亭主や宿の者らがとり囲む中で、身をよじりながら起きあがり、長どすをふり廻し、足を引きずりつつ表の潜戸から往来へ転がり出た。

「お玉、済んだよ。もう大丈夫だよ」

そう言って抱き抱えると、お玉はおまさの首筋にすがりついた。

宿場役人らが知らせを受けて宿に駆けつけ、親子三人が襲われたこのむごたらしい一件を調べたが、事情はよくわからなかった。

宿帳には、殺害された夫婦は、良太と春という三十前後の夫婦と四歳の娘の玉、江戸は神田三河町の矢助店と記されていた。

宿の亭主には、秩父の先の実家を訪ねる旅と話していたが、亭主は何村か詳しい話を聞いていなかったし、持ち物にも着物や旅に要る物のほかに関所手形もなかったから、秩父の先と言ってもそう遠い先ではない、というぐらいの見当しかつかなかった。

江戸から青梅道をへて秩父までは、関所がなかった。

江戸より秩父へなら、田無宿を秩父道へととるのが近道だった。

青梅道をきたのも、この親子三人は何かわけありに思えなくはなかった。

四歳のお玉は、何を訊いても泣きながら知らないと言うばかりで、良太と春夫婦の身元や、訪ねるはずだった秩父の先の実家も不明だった。

賊が残した二つの亡骸の、一体は二階から裏庭へ転落して首の骨が折れていた。もう一体の巨漢の賊は、腹と顔面、手にも幾筋かの斬り疵(きず)を負い、これも二階の廊下から一階台所の土間に転落して、ほぼ即死の状態だった。

持ち物は、やくざの持つような長どすに汚れた手拭、小銭が少々の巾着(きんちゃく)だけで、素性(すじょう)の知れる物は見あたらなかった。

ただ、裏庭に転落して絶命した賊の男は、襲う前に子供連れの夫婦がいないかと問い合わせてきていた。亭主が、こういうお客さまがお泊りですとこたえると、それは訊(たず)ねている相手とは違うようだと引きあげていった。

「博徒風体の怪しい男でしたが、すぐに引きあげましたので気にとめませんでした。まさかこんなことになるとは、思いもせず……」

亭主は両肩の間に首をすぼめて話した。

ほかに宿の客は、甲府の商人の二人連れと江戸の商人がひとり、そして女のひとり旅の四人だった。

商人たちは、親子の三人連れが賊に襲われた騒ぎで目を覚ました。

押し殺した声で言い合っているのが聞こえたけれど、何を言い合っているかまでは聞きとれなかった。夫婦の悲鳴が聞こえ、どすを手にした賊が、「お上の御用だ。邪魔するとしょっ引くぞ」と怒鳴りながら廊下を走っているのを見た。

「あとは、そちらの方がその子を抱きかかえ、匕首一本で大男と斬り合い、大男が下へ転落していくのを見たばかりでございます」

商人たちは証言した。

宿場役人らの驚いた目が、おまさへ向けられた。

「こちらのお客さまは、大宮郷の又十郎親分さんのお身内で、おまささんです」

宿の亭主が言った。

大宮郷の又十郎の評判を聞いている宿場役人らは、顔を見合わせ頷き合った。

又十郎が表だっては六斎市の市立ての差配人ながら、大宮郷の番太や手下を多数従え、土地では無頼な流れ者や博徒らのふる舞いに目を光らせている顔役である事情を、宿場役人らは十分心得ていた。

「この匕首は、女のひとり旅ですので護身用に又十郎親分よりお借りし……」

おまさが平然とこたえたので、又十郎親分の身内ならば女だてらに賊と匕首でわたり合ったのも、と宿場役人らには肯(うなず)けた。

宿場役人は、おまさが亡くなった夫婦とたまたま同じ宿に泊り合わせただけであり、名前も知らない間柄とわかってますます困惑した。

しかし、これ以上調べを続けても埒は明かぬし、亡骸をこのままにしておけなかったため、事情を明らかにできぬまま調べを打ちきった。

おそらく賊は、夫婦と幼い子の三人連れに道中のどこかで路銀目あてに目をつけ、親子のあとをつけて青梅宿のこの宿で襲った。

夫婦の持ち物に財布がなかったのは、逃げた賊が持ち去ったのだろう。お上の御用と喚いたのは、周りを混乱させる出まかせに違いない。

そういう判断に落ち着いた。

宿場は道中奉行の支配である。道中奉行は勘定奉行の兼任のため、勘定奉行配下の陣屋に一件を届けねばならなかった。

逃げた賊の探索までは宿場役人の役目ではなかった。

いずれにせよ、一件を届けることさえ何日もかかった。

それよりも、宿場役人らを悩ませたのは残された四歳のお玉の処遇だった。

宿場役人らは相談し、お玉は親子三人が暮らしていた江戸の三河町の矢助店に連れていき、事情を話して家主の矢助に身柄を預けて今後の身の上を任せるのが筋ではないか、町役人から町奉行所にも良太春夫婦殺害の届けも出されるだろう、と話がまとまった。

宿場役人の年寄役がおまさに言った。

「おまささん、どうせ江戸へゆく旅なら、ついでにお玉を三河町の矢助店へ連れていっていただけませんか。家主なら亡くなった夫婦の生国を承知しているでしょうから、お玉の身の算段がつくと思うのです。このとおり、お玉もおまささんになついていることだし、ひとつ、江戸までお願いしたいのですがな」

年寄役の言うとおり、お玉はおまさから片ときも離れなかった。自分はおまさに連れられていくものと思いこんでいる様子だった。

「わたしはこんな渡世ですから、それはちょっと」

おまさは一度は断った。

だが、お玉の様子に困惑を覚えながら、お玉のつぶらな目でじっと見つめられ、かかわりがありませんからと去っていくのはできかねた。

父母の死の悲しみも、恐怖も孤独も、生まれてわずか三年ほどのお玉には、何もかもがわけのわからない出来事に違いなかった。

幼いお玉がおまさにすがるのは無理もなかった。

いきがかり上、宿場役人の頼みを頑なには断れなかった。こうなったのも何かの縁だし、江戸の三河町ぐらいまでなら……

と思った。

翌朝、夫婦の亡骸は宿場役人らによって宿場はずれの寺の墓所にひっそりと葬られ、賊は同じ寺の一角の死体捨て場に埋められた。

お玉を連れて青梅宿をたったのは、昼前だった。

おまさは菅笠をかぶり、青紬を裾短に白の手甲脚絆、白足袋草鞋がけ。

その横を、花柄模様の着物に赤い袖なしを着け、童用の菅笠をかぶって、同じく白の手甲脚絆に白足袋草鞋姿で遅れまいと歩くお玉は、人形遣いに操られる人形のようにけな気に見えた。

明るいうちに、せめて田無宿まで着くつもりだったが、幼い子連れの旅はやはり遅れた。初めは懸命だったお玉は疲れ、歩くのが遅くなった。

これじゃあ田無に着くまでに暗くなっちまう、と思った。

ただ、こうなるだろうとは、旅をする前からわかっていたことだった。

仕方がなく、途中から手行李を首に提げ、お玉を負ぶって道を急いだ。

このやっかいさが親の務めなんだね、とおまさは自分に言い聞かせた。

小川新田村まできて、村のはずれの掛茶屋で休息をとった。

春の空は晴れ、まだ高い日が街道に白く射していた。

草饅頭を頼んでお玉に食べさせた。お玉はひもじかったのか、ゆっくりと草饅頭を食べたが、口いっぱいに頬張った。

「大丈夫だよ。ゆっくりお食べ」

おまさはお玉に微笑んだ。小川新田から田無宿までは、二里ほどである。どうにか、日暮れまでに着けそうだった。

「疲れたかい」

お玉は、饅頭を頬張ったまま首を横にふった。

「ちゃんと、ついてこられるかい」

お玉はおまさを見あげ、うん、と頷いた。

饅頭を呑みこみ、小さな両掌で茶碗を持ち、茶をすすった。そして茶碗を戻し、着物の懐から白い紙包みをもぞもぞと引っ張り出した。

「おまさちゃん、父ちゃんがこれをおまさちゃんにわたせって」

お玉が紙包みを、おまさへ差し出した。

「え、なんだい？」

お玉の大きな目が、おまさを見あげてきらきらと輝いていた。大人びた娘のように、輝く目が潤（うる）んでいた。

父ちゃんがわたせって、なんのことだい、とおまさは紙包みをとって開いた。

十枚の小判がでてきて、あっ、と驚いた。しかしそれより、小判を包んだ紙に、

秩父大宮郷小鹿野（おがの）村作治

と、走り書きされているのを見つけて唖然（あぜん）とした。

「お玉、これは……」

「あの人たちがくる前に、父ちゃんが書いたの。これをおまさちゃんにわたして、お願いしますって言うんだよって」

「お玉は、お祖父ちゃんとお祖母ちゃんちへいくと言っていたね。小鹿野村がお祖父ちゃんちなのかい。お祖父ちゃんは作治って言うのかい」

「ううん。お祖父ちゃんはお祖父ちゃんよ」

お玉は首をかしげて言った。

「どうしてこれを、お役人に見せなかったの」

「父ちゃんが、おまさちゃんだけにこっそりわたしなさいって。お願いしますって言って……」

「こっそり？　どうして」

お玉の父親のふる舞いが不審だった。

小判と走り書きは、小鹿野村の作治の元へお玉を連れていってほしい、お願いします、と頼んだものに違いなかった。しかもほかの誰にでもなく、こっそりと十両もの大金をわたして、である。

そう言えば、秩父へ向かうなら、なぜ田無から秩父道をとらなかったのかと、宿場役人と宿の亭主が訝しんでいた。

お玉の父母は何かわけありで、もしかしたら、あの三人の賊は路銀狙いではなかったのかもしれない。

賊は、お玉をわたせと迫った。路銀狙いの賊なら、お玉に用はないはずである。

なんのために、と思う一方で、どうやらやっかいな事を引き受けてしまったね、と後悔がたった。

なんで知り合いでもないわたしなのさ、と思った。

第一、今から秩父へ引きかえすのはご免だった。

「仕方がないよ」

おまさは十両を包みなおし、仕方がないよ、と繰りかえした。

三河町の矢助店へお玉を連れていき、祖父の宛名を記した紙きれと包んだ十両をわたしてお玉を預け、と考えなおした。

お玉の身のうえがちょっと気がかりだったけれど、所詮(しょせん)はゆきずりの赤の他人なのだし、元々そこまで連れていくと引き受けただけだし。

「済んだかい」

おまさは饅頭を食べ終えたお玉に言った。お玉は頷いた。

「歩けるかい」

また、こくり、と頷いた。

「えらいね」

二人は菅笠をかぶった。花茣蓙を敷いた長床几から立ちあがった。

「お代をここにおきますよ」

掛茶屋の亭主に言って、たてかけた葭簀の陰から街道へ出た。

街道は杉並木がつらなり、道の両側に田んぼや畑が広がっていた。

通りかかりの旅人が母と娘の旅と思ったのか、お玉に笑いかけていく。

木々に囲まれて百姓家らしい集落が見え、青空高く鳥影がわたっていった。

おまさは街道をふりかえり、西の空を見やった。西の空の果ては奥多摩や秩父の山々である。東へ向きなおり、東の果ての江戸の空を眺めた。

おまさが東へ歩み出すと、お玉は小走りに並びかけ、おまさの手をとった。

おまさはお玉の小花の葉のようなやわらかい手をにぎりかえし、笑みを投げた。

お玉はおまさを見あげ、嬉しそうに小さな歯を見せて微笑んだ。

街道をゆく二人に、春の白い日射しがきらきらと降っていた。

「いくよ」

おまさが言い、「うん」とお玉はこたえた。

それが、おまさとお玉の旅の始まりだった。

其の一　老侍

一

「あっしも見ました。とに角、でかい秋田犬でした。険しい真っ黒な目でじろっと睨みつけられ、おっかなくて目をそらしちまいましたよ」

藤五郎が額に掌をあて、いやはや、というふうに言った。

「あんなでかい犬に飛びかかられたら、子供どころか、大人だってひとたまりもありませんぜ。まったく冗談じゃねえよ。いくら太い綱でつないでたって、いきりたったときは、ひとりや二人じゃとめられねえでしょう」

「まあ、不幸中の幸いと申しますか、咬まれた子はおりません。ですが、綱をつかんでいる中間をふりきって町内に走りこんできて、路地で遊んでいた子供らを追いかけ廻したものですから、転んでけがをした子やどぶに落ちて足をくじいた子はまだましなほうでして、小さい子がひとり、犬に袖を喰われて袖が千ぎれるまで半町近く路地から路地へと引きずられましてね。子供は泣き叫ぶし、おかみさんは引きずられた子を追いかけて悲鳴をあげるしで、自身番の店番が総出で犬をとり押さえるまで、町内は大変な騒ぎでございました」

若松町弁次郎店の家主・弁次郎が、膝の上で手をこすりつつ言った。

「引きずられた子は、卓蔵さんのお子さんなんですね」

藤五郎は、弁次郎の隣の卓蔵に話しかけた。

「さようです。女房の話では倅は身体中がすり疵だらけで、血で真っ赤だったそうです。血だらけの倅を見たときは、こりゃもうだめだと思って、卒倒しそうだったそうで」

と、樽職人の卓蔵が顔をしかめて鼻を鳴らした。

「で、半吉さんの倅は、どぶに落ちて足をくじいたんですね」

「そうなんすよ。犬に追いかけられて慌てて逃げるとき、どぶ板の隙間から足を突っこんじまったんです。当分は自分じゃ歩けねえもんですから、雪隠へいくにも女房かあっしの助けが要るんで、大変ですよ」

弁次郎と卓蔵に並ぶ半吉は、魚売りの行商である。

「で、広助さんの娘は転んで顔にけがをしたと？」

「はい。広助は両国の料理屋の板前で、今日は宴席がいくつか続くのでこられませんでした。おかみさんは医者へ娘を診せにいっておりますもので、わたしらにどうかよろしく頼むと申しておりました。広助もおかみさんも、娘の顔に疵が残ったらどうしようと、ひどく気をもんでおりました」

「そりゃあそうだ。大事な娘の顔に疵が残っちゃあ、年ごろになって嫁のもらい手が見つかるだろうかと、親としちゃあ心配でしょう。ねえ、旦那」

藤五郎が三人と向き合っている男へ、ひょいと、大きな鷲鼻の丸顔をひねった。

湯屋の、男湯の脱衣場から階段をあがった二階の休憩部屋である。

神田小柳町とお兼新道を挟んだ平永町の南向きの角に、湯屋は弓矢を描いた幟をたてている。

仕事に出かける前にひと風呂浴びる職人や勤め人でこんでいたのが、五ツ前にはすっかり退いていき、そのあとの町内の隠居らの姿が目だっていた刻限も終わって男湯も女湯もがらんとした、晩春弥生の朝四ツすぎだった。

休憩部屋は、風呂代の八文のほかに代金が八文かかった。もう八文を出せば、茶や桜湯つきの菓子が出た。

武士の客は、休憩部屋の棚に刀を預ける。

出格子窓が、西側のお兼新道とお兼新道を東に折れる南側の小路を見おろし、明障子をたて廻した休憩部屋は、昼前のやわらかな明るみに包まれていた。

出格子窓から、小路の向かいの角にかまえる長兵衛の髪結床が見える。

座敷の真ん中では、近所の隠居のひと組が下帯ひとつで囲碁を打ち、西側の一隅では湯上がり浴衣の男が寝そべって、気持ちよさそうに鼾をかいていた。

階段ののぼり口を囲った手すりの後ろに、茶碗や菓子箱を重ねた棚と茶釜をかけた竈が据えてある。

その傍らで赤襷の茶酌み女のお民が、湯気をあげる茶釜の番をしながら、絵草紙を読んでいた。茶酌み女のお民はよく太った若い娘で、

「お民、おぶうだ」

と、茶のお代わりや桜湯つきの菓子などを隠居に言いつけられると、「へえい」と張りのある若い声をかえし、休憩部屋の畳をどすどすとゆらすのだった。

その日は、休憩部屋の客は普段より少なかった。倅の仕事ぶりや倅の嫁の評判や孫の事、近所の噂話などを、いつも賑やかに交わす隠居らの姿が見えなかった。ねえ旦那、と藤五郎に声をかけられた旦那は、

「うむ、心配だな」

と、渋い声を短く藤五郎へかえすと、煙草盆へゆっくりと手をのばした。煙管の火皿に刻みをつめて火入れの火をつけ、のんびりと煙管を吹かした。薄い煙がたちのぼって、南向きの出格子窓の明障子に映る軒庇の影にからむようにゆれた。

旦那は、二度煙管を吸ってから、吸殻を灰吹きに落とした。湯上がりの浴衣の襟の前で腕組みをした。指先につまんだ煙管を力なく下げた様子が、ひと風呂浴びたあとの休息のときをのどかにすごしている風情に見えた。

しかし、のどかでありながらどこか物思わしげにも見えるのは、白い物が目だつ総髪のせいかもしれなかった。

広い額は少々日焼けし、太い眉(まゆ)が引かれている。

眉の下にきれ長の二重の目を伏せ、くっきりと通った鼻筋と大きめの唇をわずかにへの字に反らせていた。

総髪からやや角張った顎(あご)の先まで、どちらかと言えば面長の整った顔だちだが、髷(まげ)の白髪や目元の皺(しわ)や頬骨(ほおぼね)に沿う陰翳(いんえい)が、長い歳月が育(はぐく)んだ相応の図太さを、旦那の風貌(ふうぼう)に感じさせた。

だから見方によっては、頑固そうな、と見えなくもない。

ただ、それは頑固そうなのではなく、多少の事に動じない老練さを備えているためとも思われた。

休憩部屋の棚に預けているから刀はないが、旦那は侍である。

若くはない。年のころは五十五、六歳。五十五、六歳なら五十歳前後が平均寿命のこの時代では、もう老侍と言っていい。

弁次郎と卓蔵と半吉は心配そうな上目遣いで、のどかに、ちょっと物思わしげに沈黙しているそんな老侍の旦那を見守っている。

藤五郎は少しじれて、もっといい返事を催促するように念押しした。

「旦那、ここまでの話の筋は吞みこんでいただけましたか」

ふむ、と旦那はいい返事ではなく、吐息のようなうめき声のような生返事をかえした。

「でね、そちらの凶暴な飼い犬が子供らに大けがを負わせたんだから、治療代と詫び代を払っていただきてえと、飼い主の桜木家へ弁次郎さんとけがを負った三人の子の親御さんたちがかけ合いにいったってえわけです。すると、桜木家のほうは弁次郎さんらを門前に長々と待たせたあげく、飼い主の桜木留之進じゃなく、使用人の桑原とかいう用人が門前に出てきて言いやがった。わが主の飼う秋田犬は猟犬ではあるが、これまで人に危害を加えたことは一度もない。子犬のときから人には危害を加えぬように仕つけており、人のほうから手を出さぬ限り咬みつくことなど絶対にない。子供らがけがをしたと言うのであれば、所詮は犬と侮って戯れかかり、同じように戯れた犬が侮っていた以上に力が強いため、ついけがを負ってしまったということはあるかもしれぬ。だが、それはわが主の飼い犬のせいではなく、犬に戯れかかった子供らのせいであり、子供らのせいは引いては親のせいであって、桜木家に苦情を申したてるのは筋違いであると、まったく話にならねえ」

旦那は、藤五郎から弁次郎らへ、やわらかな眼差しを向けた。

「それで？」

「それは違います、と申しあげました」

弁次郎がこたえた。

「子供らが遊んでいた路地へ、桜木さまがお飼いの秋田犬が若松町の往来より走りこんできて、子供らは大きな犬に怯(おび)えてただ逃げ廻っただけでございます。大人でも近寄るのが恐ろしい大形の秋田犬に、幼い子供らが侮って戯れかかることなどあるはずがございません。犬は何に怯えたか、あるいはいきりたったかはわかりませんが、いきなり走り出し、犬の綱を引いていた中間の方をふりきったことは、ご当人にお訊(たず)ねになれば明らかでございます」

「ところが、用人の桑原は白をきりやがったんでやす。そんなふうには聞いておらぬと、話が違うと、言いとおす腹なんですよ」

卓蔵が我慢ならぬかのように言い添えた。

「話が違う、とは？」

「はい。桑原さまの仰（おっしゃ）いますには、若松町の往来でいき合った子供らが犬をからかい、犬は襲いかかったのではなく、子供らへ戯れかかったのだと聞いていると申されました。中間の方は子供らをたしなめましたが、子供らはしつこくからかい、からかわれた犬が戯れかかると、恐（こわ）くなって路地へ逃げこみ、犬のほうは子供らが恐れて逃げたとはわからず追いかけた。中間の方は、勢いよく急に走り出した犬の強い力に引っ張られたものですから、思わず綱を放してしまった。子供らが中間の方の言うことを聞いておれば、ああはならなかったと」

「ふざけてますよ。うちの倅が着物の袖に喰いつかれて、袖が千ぎれるまで引きずられたのも、たまたま着物の袖に犬の鼻先が引っかかった。それで犬も慌てて子供を引きずって走り廻ったと言うんですよ。犬はただ、子供らと戯れていただけだ。それが証拠に、子供らの誰も咬まれちゃいねえだろうと、そんな理屈なんです。おかしいよな、半吉」

「おかしいとも。咬まれていなかったとしても、犬が子供らを追いかけ廻し、逃げた子供らにけがを負わせたんだから、咬まれたのと同じことじゃねえか。何が違うってんだい」

半吉は卓蔵に、腹だたしげに言いかえした。

囲碁に興じている隠居と竈のそばのお民がその声を聞きつけ、ちら、と意外そうな目を寄こした。

「だいたい、桜木家のあの秋田犬は気が荒くて、人に吠えたり牙を剝いて脅したりと、町内じゃみな恐がっているんですよ。以前にも、通りかかりの行商に咬みついてけがを負わせ、あのときは行商のほうが、飼い主が旗本じゃあ訴えても無理だ、とんだ災難だったと泣き寝入りしたってえこともありました」

卓蔵が言い、弁次郎がひと呼吸をおいて続けた。

「桑原さまには、それも違っておりますと申しあげました。往来で子供らが犬をからかってはおりません。それは通りかかりゃ表店の方々にお訊ねになればおわかりになります。そもそもあの日は、綱を引いている中間の方の命令を犬が聞かず、犬に引きずられてもてあましているふうだったと、往来に居合わせたみなさんがそう仰っておられます。どうぞお調べ願いますと繰りかえしたのですが、桑原さまはそんな話は聞いていない、知らないと譲らず……」

「門前払いだった」

　藤五郎が合いの手を入れるように言った。

「何しろ、桜木家は三千五百石の寄合ときた。下々の町民どもが何を言おうと一々かまうことはない。そのうちに諦めて引きさがるだろうと、高をくっているんでしょう。まったく、人を馬鹿にするにもほどがあるじゃありませんか。そこで、このままじゃあ埒が明かねえから、旦那に、桜木家とのかけ合いを頼みにこられたってえわけですよ。よろしいですね」

　しかし、旦那はすぐにはこたえなかった。やはりのどかで、どこか物思わしげな素ぶりだった。

　煙管に刻みをつめて火をつけ、煙を吹かしながら、ふうむ、と曖昧にうなった。それから、灰吹きに吸殻を落とし、

「しかし、事情がそこまで明らかならば、わたしがかけ合いに入るまでもないのでは、ありませんかな」

　と弁次郎に言い、卓蔵と半吉へ穏やかな眼差しを向けた。

「若松町の名主さんに事情を話し、若松町の町役人の総意として桜木家へ申し入れれば、さすがに知らぬふりが通らぬことぐらいわかるはずです。桜木家の対応

が変わらぬのであれば、町奉行所に訴える手だてもやむを得ぬでしょう。普通の旗本は体面を気にしますので、殊に町家より訴えを起こされるのは見栄えがよくないと、かけ合いに応じると思われるのですが」

「じつは、名主さまにはすでにご相談いたし、名主さまより町内の見廻り方の門馬太重郎さまに話をしていただいたのですが、門馬さまの仰いますには、奉行所に訴えるのはあまり賛成できぬということでございました」

「旦那、門馬太重郎という町方は、先だって、大城鏡之助殺しの一件で、ここへ訊きこみにきた町方ですよ。覚えているでしょう」

「ふむ、覚えているさ。町方の門馬さんが、賛成できぬと？」

「つまり、子供らが犬に咬まれたのではなく、逃げているうちに転んでけがをしたというのであれば、子供にはありがちな事で、犬が走り廻ったとしても、いたずらに騒いだ子供らのほうにも犬をいきりたたせた責めがないわけではない。町家で起こった一件でも、町方はお旗本を裁けないから、そうなると評定所でのお裁きとなり、訴えは間違いなくとおって桜木家に少々のお叱りがあるだろう。だが、形ばかりの謝罪で済まされ、治療代や詫び代は殆どとれない恐れがある。それでもかまわぬのなら、ということでございました」

「治療代と詫び代がとれずに形ばかりの謝罪で済まされちゃあ、泣き寝入りと同じじゃねえですか。そんな馬鹿なお裁きはありませんよね」

藤五郎が卓蔵と半吉に言った。

「ひと言詫びりゃあそれでいいとは、言えねえんです。子供があんな目に遭って、あっしら、それじゃあ気が済まねえんですよ」

「もっともだ。わかりやすとも。ねえ、旦那」

「で、いっそ、仕舞屋の九十九九十郎さまに桜木家とのかけ合いを頼んでみたらどうだい、と門馬さまが仰られたのでございます。九十九さまは、元は腕利きの御小人目付で、御小人目付をお辞めになられてから、世間のもめ事にごたごた、縮尻に粗相を、かけ合いで収める仕事をなさっておられるそうでございますね。九十九さまは、こういうかけ合いはお手の物の玄人だから、素人がかけ合うより有利に事を収める。よって、手間賃はかかっても得になる。平永町の湯屋の藤五郎さんを訪ねればわかると、お聞きいたしました」

「あの門馬さんが、旦那のことをそんなふうに認めているとは、意外でした。なんだか、人は見かけによりませんね」

藤五郎がおかしそうに言った。

「ふむ。確かに、見かけによらぬ」

「九十九さま、よろしく、お願いいたします」

弁次郎が頭を垂れ、卓蔵と半吉も、「お願えしやす」とならった。

「ふむ、そうですか。ではやってみますか」

「それで、手間賃と申しますか、お代のほうは、どれほどを考えればよろしいのでしょうか」

「ええ、お代についてはあっしが……」

「あ、待て、藤五郎。やってはみるが、できるとは限らぬ。今日の午後、桜木家にいってみる。できるかできぬか、受けるか受けぬか、明日返事をする。明日まで待ってもらいたい」

「ええ？　旦那の腕と知恵がありゃあ、これぐらい、容易いでしょう。どっちが間違っているかは明らかなんだし。それに……」

と、藤五郎は急に声をひそめた。

「いつもの、表沙汰にできないもめ事のもみ消しじゃねえんだし」

「じつは、犬の扱いが上手くない。というか、犬が苦手なのだ。前からな」

「犬が苦手？　冗談でしょう」

「冗談ではない。隠密仕事では、犬にしばしば悩まされた。そのせいかもな。だから、上手くやれるか、覚束ないのだ。それと、旗本の桜木留之進は知っている。知り合いというのではないがな」

「えっ、桜木留之進を知ってるんですか」

「役目に就いていたころ、桜木の素行を調べたことがある。調べただけだ。桜木はむずかしい男だ。あの男、秋田犬を飼っていたのか」

旦那、と呼ばれている九十九九十郎が声をひそめてかえした。

ふたりのひそひそとした遣りとりに、弁次郎と卓蔵と半吉が、なんだか頼りなさそうな、というふうに顔を見合わせた。

二

九十九九十郎の店は、お兼新道から小柳町三丁目の路地に入って数軒の一軒家が並んだ中の、四つ目垣に囲われた二階家である。

七年前、小人目付を退き、組屋敷を出て町家に暮らすことになってから、藤五郎の世話で借り受けた。

伊勢町の米問屋の隠居がお妾を住まわせていた店で、隠居が亡くなり、お妾も暇を出されて空家になっていた。

店をすぎて路地の先をまっすぐいけば、小柳町一丁目。

一丁目の先は、日本橋と筋違御門を結ぶ大通りの通新石町である。

この店に、九十郎は孫ほど歳の違う十二歳のお七と二人暮らしである。

十二歳はまだ童女と言っていい。形の上ではお七は住みこみの家事手伝いの女、と言うか、家事手伝いの子供である。

七年前、この店に住み始めたときから婆さんを雇っていた。

簡単な家事仕事と留守番をしてくれればよかった。婆さんは十分に務めを果たしてくれていた。その婆さんが、

「もう歳でございやすのでね」

と、目黒の倅夫婦のやっかいになることになって暇をとった。

代わりに、また手伝いを雇うことにした。前の婆さんは、雇ったときも暇をとったときも婆さんだったから、次も婆さんを雇うつもりだった。藤五郎に婆さんを探してくれと頼み、

「そんなことなら任せなせえ」

と、藤五郎は気安く引き受けた。

そこへ年が明けて間もないこの一月、婆さんではなく子供のお七がきた。

お七は、九十郎を見あげる目がはっきりとして大きく、ひと筋の朱の唇をきりりと結んだ小柄な童女だった。

「仕事があると聞いてきました」

と、九十郎に言った。

「十二歳ですが、子供ではありません」

とも言った。婆さんを探していたから、子供のお七を雇う気はなかった。

だが、九十郎が断っても、お七は引きさがらなかった。

「ものは試しに、わたしをひと月かせめて半月、雇ってくれませんか。それでだめだと思ったら、そのときお払い箱にしてくだされば……」

それほど言うなら、これも何かの縁だと思い、ものは試しにお七を雇った。

続くのかと訝りつつ、せめて半月がもう三月目になっている。

お七は、手伝い以上にちゃんと家事仕事をこなした。

十二歳の子供とは思えぬほど気が利いた。

頭のいい娘だった。何よりも気だてがよかった。

お七は会津生まれである。父親は料理人で、会津で料理屋を営んでいたらしい。

その父親も母親も亡くなり、麹町の伯母の元に引きとられていた。

お七の事情を、九十郎は知らない。知る気もなかった。人とのかかわりを深く持つことを、九十郎は小人目付を退いたときから断ってきた。

九十郎は、妻も子もいない独り者である。ひとり暮らしは慣れている。

だがお七がきてから、子の親になるとはこういうことか、と思うようになった。

違うな。おれなら孫か。

と、思いなおしたが。

午後、お七に「いってらっしゃいませ、旦那さま」と見送られ、小柳町の店を出て浜町河岸の東の若松町へ向かった。

五尺八寸の痩軀に、薄鼠色の地に渋茶の棒縞の羽織を着けて、小倉の紺袴、白足袋に革張りの雪駄を履いたいつもの拵えである。

昼さがりの日射しに、近づいている夏が感じられた。

菅笠の影になった九十郎の顔を、はや夏を思わせる息吹きがなでた。

羽織の裾から見える二刀の黒塗りの鞘が、日の光を小さく跳ねかえしていた。

痩せてはいても、九十郎の肩幅は広く、歩みは早かった。

浜町堀に架かる千鳥橋を渡り、若松町まで半刻とかからなかった。

若松町は、東西と南側の三方が旗本や御家人や大名の屋敷地で、北側の往来を挟んで横山同朋町の町家がある。

桜木家の屋敷はその若松町内に長屋門をかまえていた。

土塀の周りに町家の店が建ち並んで、長屋門をかまえる東側だけが往来を隔てて武家屋敷地に面していた。

長屋門は黒鋲打ちの門扉が閉じられており、門番所はなかった。

屋敷を囲う土塀の奥から、犬の吠え声が聞こえていた。だいぶ奥だが、太い声はわかった。声から察するに、大形の犬に違いなかった。

やれやれ、やっかいな。

九十郎は思ったが、尻ごみはしていられなかった。

門扉わきの小門をくぐり、前庭の石畳に雪駄を鳴らした。玄関庇の下で、

「ごめん。お頼みいたします」

と案内を乞うた。とき折り、犬が吠えている。

しばらく間があって、犬の吠え声が止んだ。

九十郎が、もう一度声を張りあげようとしたとき、玄関ではなく、中庭のほうから紺看板の中間が現れた。

「はい、どなたさまで」

中間は九十郎の風体を、値踏みをするように見廻した。

九十郎は中間へ向きなおり、菅笠をとった。

「それがしは、九十九九十郎と申します。突然、お訪ねいたしはなはだ不仕つけではございますが、本日、当桜木家の殿さま・桜木留之進さまにお目にかかり、ある内密のご相談をいたしたき事柄があり、参上いたしました。どうか、殿さまにおとり次をお願い申しあげます」

と、何かしら意味ありげに辞宜を述べた。

中間は不審を露わにし、はあ？　というふうに表情を歪めた。

「ある内密の相談？　なんですか、それ」

「まことに、それがしのような風体の者が突然現れ、ご不審はごもっともでございます。ですが、それがし、殿さま、並びに当桜木家にご迷惑をおかけするような胡乱な者では、決してございません。と申しますか、それどころか、殿さま、並びに当桜木家にご迷惑がかからぬようにいたすため、ご相談に参ったとご承知いただき、おとり次をお願いいたしたいのでございます」

「ちっ、なんだい、わけのわからない。面倒だな」

中間は声を落としたが、あからさまな聞け顔を見せた。屋敷の奥で、また犬の太い声が吠えた。

「あの、つく、つく……」

と、中間が唇を尖らせた。

「九十九九十郎で、ございます」

「そう、それ。九十九さまは、お上のどういうお役目の、あるいはどちらのご家中のお武家さまでございますか」

「はい。それがし、御公儀のいかなる役目の者でも、どちらかのお屋敷に仕える者でもございません。住まいは神田小柳町にて、小柳町は筋違御門にほど近い……」

「ああ、九十九さま、けっこうです。住まいをお訊ねしているのではないので、それは」

けっこうですと、中間は手をひらひらさせてさえぎった。

「ご存じないようですが、うちの殿さまは、ご用さえあればどなたでもお会いできるという方ではございません。九十九さまにどんな重要なご用があるのか存じませんが、殿さまにお会いになりたいのであれば、それ相応のご身分の方の添状か紹介状などをお持ちでないと、おとり次することはできないのですよ。九十九さまには重要なご用でも、うちの殿さまには重要とは思えませんし。桜木家は三千五百石の公儀直参のお旗本です。少々お気軽にお考えなのではございませんか」

「当然、そうでございましょうな。いや、それは存じております。残念ながら、三千五百石の公儀直参のお旗本・桜木家と相応のご身分の方の添状も紹介状も、持ち合わせてはおりません。何しろ、そのようなご身分の方々の伝など、それがしごとき者にはございませんので。はは……」

九十郎はのどかに笑った。

中間は呆れた様子で、苦笑いを浮かべた。

「九十九さま、そういう事情でございますのでお引きとりを願います。それから、あまりこの界隈をうろつかないほうが、よろしゅうございますよ。この界隈は、お旗本やお大名のお屋敷が多うございまして、お屋敷にお仕えのお侍さまの中には気の荒い方もいらっしゃいます。お見かけしたところだいぶご年配のようですので、手荒な扱いを受けてお身体に障らぬとも限りません」

中間は、慇懃な言葉に少々威嚇をにじませた。

乞食侍が何をたかりにきたか知らないが、おまえなどがくる場所ではない。たかるにしても相手が違う。乞食侍相応の相手にたかれ。

という素ぶりだった。

「ご忠告、いたみ入ります。まったく、近ごろの若い方の中には、手加減を知らぬふる舞いがしばしば見受けられます。気をつけるようにいたします。で、それはそれとしてでございます」

「九十九さま、わたくしは桜木家に長くご奉公をしております。これでも勤めがございますので、お引きとりください。おとり次はいたしかねます」

「あなたは、それがしが桜木家になんぞたかりにきたように誤解しておられる。それがしは、ご相談にまいったのです。物をねだりにきたのではなく、これでよろしいのでございますか、と殿さまにお訊ねし、殿さまのお指図をうかがいにまいったのです」

しつこいな、と中間は呟き、苦笑いをしかめ面に変えた。

「はいはい。ですから、おねだりであれご相談であれ、九十九さまのおとり次は無理でございます。あり体に申しますと、あなたの身分では殿さまにお目通りはできないのですよ。お気の毒ですが」

九十郎は、さようか、というふうにひと呼吸をおいた。

「いたし方ございませんな。退散いたします」

「それがよろしゅうございます」

「中間どの。ひと言、申しあげておきます。当お屋敷の中間部屋では、ある寄合が夜な夜な開かれておるようでございますな。ときには昼間も。当然、当お屋敷に長くご奉公なさっておられるならご存じに違いない。界隈のお屋敷の方々や蔵前の札差の旦那衆、本所のお寺の坊さん方、両国の盛り場の顔利きや名の知られた方々も、当お屋敷の中間部屋で開かれる寄合には顔を出されており、桜木家の寄合は、お金持ちや身分の高い方々が多いと、昔から知られておりました」

中間が、ちっ、と舌を鳴らしたのがわかった。

「内密のご相談なので申すまいと思ったのですが、じつはそれがし、以前、あるお役目に就いておりました。その折り、当桜木家の中間部屋で開かれておる寄合の噂を耳にし、調べたことがございました。確か、天明の田沼さまの好景気のときでございました。あ、いや、今はもうそのお役目は退いております。ただ、あれから七年、もし寛政の御改革が厳しき今もその寄合が夜な夜な、ときには昼間も開かれておるのであれば、それがしごとき者にも、殿さまのご相談に与らせていただき、殿さまのお役にたてることがなくもないのではないかな、と思った次第でございます。わかりました。では、当お屋敷ではもうその寄合は開かれておらぬのでしょう。寛政の御改革のさ中でございますからな。そのような寄合など、開かれておるわけがありませんでしたな。開かれておらぬなら、ご相談に与らせていただく事柄は、何もございません。これはとんだお邪魔をいたしました。退散いたします」

九十郎は羽織の裾をひるがえし、玄関の軒庇から昼さがりの日射しの下へ出た。

「なんだい、そういうことかい」

と、中間の言葉つきが急に変わった。

「わかりましたよ、九十九さま。そういう話なら、あたしがあれこれ勝手に判断できることじゃないんで、桑原さまにお訊ねいただけますか。今お呼びしますから、ちょいとお待ちください」

中間は九十郎を玄関先に待たせて、中庭の灌木の生い茂る向こうへ姿を消した。

三

四半刻後、九十郎は庭の見える客座敷ではなく、武者溜りのような殺風景な部屋で待たされていた。

明かりとりの格子の窓がある六畳で、中庭側に明障子がたてられていた。

明障子の先は板廊下伝いに雪隠があった。夜は長屋の家士がこの溜りの間で宿直もするらしく、部屋の隅に枕屏風と重ねた布団があった。

やはりときおり聞こえる犬の吠え声が、さっきよりだいぶ近く聞こえた。

それでも、案内をした若党が茶を出した。茶が冷えたころ、廊下に足音がし、

「ごめん」

と、引違いの襖ごしに声がかかった。溜りに入ってきたのは、黒羽織と紺羽織の侍だった。ひとりは四十歳前後、もうひとりは二十代に思われた。

二人の顔に見覚えはなかった。

九十郎は、並んで着座した二人へ手をついた。改めて名乗る前に、

「九十九九十郎さんか。手をあげられよ。当家の用人役の桑原久三でござる。こちらは当家に仕える新庄武彦と申す」

と、桑原が言った。

新庄は九十郎へ、ちら、と白目を光らせた。

「桑原さまのお名前はうかがっておりました。それがし……」

「挨拶はよろしい。客座敷に案内してする話ではなさそうだ。よって、こちらにきてもらった。無礼とは申さぬが、九十九さんはずい分大胆なお方のようだ。大胆はよろしいが、限度を超えると当家に仕える侍たちが、無礼なるふる舞い、我慢ならずという事態になりかねん。気をつけられたほうが、よいと思いますぞ。それぐらいの分別のあるお歳と、お見受けいたすが」

「ご忠告いたみ入ります。先ほども、玄関先でご忠告をいただきました。当お屋敷はご忠告のお好きな方が多いようで。ありがたいことでございます」

桑原は九十郎の皮肉を、眉間をしかめて受け流した。

「九十九さんはお幾つになられた。五十をすぎておられるのか」

「年が明けて五十六に相なりました。まったく、年月の移ろい射るがごとき、でござる」

「五十六にしてはお若い。それほどのお歳には見えませんな。隠居暮らしではござらんのか」

「倅も縁者もおらぬ、天涯の孤老でござる。働かねば暮らしてゆけません」

「さようか。生業は訊かぬ。その生業の用でこられたのでしょうからな」

「いかにも、でござる」

「以前、お上のお役目に就いておられたとか。お上のお役目とは？」

「御目付さま配下の、小人目付役に就いておりました」

「ふむ、やはりな」

桑原が隣の新庄へ向き、新庄は頷きかえした。

目付は若年寄の耳目となり、主に旗本以下の侍を監察する。下僚に徒目付と小人目付らがいて、殊に小人目付は隠密目付とも言われ、目付の指図を受け隠密の探索を行った。

目付は旗本御家人のみならず、諸侯の素行や政にも監視の目を向けているため、大名家においても小人目付の隠密の働きを警戒し、恐れた。

「すなわち、小人目付のお役に就いておられたころ、わが桜木家のことをなんぞお探りだったのですな。御目付さまのお指図により」

「はい。七、八年前の、天明の田沼さまがまだ御執政に就かれていたころでございました。桜木家にまつわるある評判が聞こえてまいりました。包み隠さず申しますと、当お屋敷の中間部屋において賭場が開かれておる、とでございます。調べよ、とお指図を受け調べましたところ、噂にたがわず、中間部屋で賭場がほぼ毎夜、開帳になっておりました。しかも、客はお旗本やお上の重き役に就いておられるお役人は申すまでもなく、諸侯にお仕えのご重役、中にはその奥方、蔵前の札差、老舗の大店の主や番頭、寺の住持などなど、お歴々ばかり。桜木家の殿さまの意向を受けた者が胴元になり、多額の寺銭を得ておられたのでございました。あのころの殿さまを覚えております。三十を超えたばかりの、若きご当主でございましたな」

「わたしのことはいいのだ。桑原さまは、お見かけいたしませんでしたが」

九十郎が続けかけたとき、溜りの壁を隔てた隣の部屋に複数の者が、ざわざわと入る物音が起こった。

その物音にまじって、犬が慌ただしい息遣いを、はあはあ、と繰りかえし、人にじゃれついているふうなうなり声や、畳の上に爪をたてて歩き廻る足音が、すぐ近くに聞こえた。

男の声が、幼い子供と戯れるように犬と戯れていた。

「ほれほれ、こうすると嬉しいか。そうか、嬉しいか。おまえが嬉しいと父も嬉しいぞ。おう、よしよし、いい子だ。いい子だなあ。おまえは本当に可愛い。おまえがそばにいるだけで、父は満足だぞ。ほかには何もいらぬ」

ぺちゃぺちゃ、と舐める音が重なり、低く太い声で犬が吠え、男の甲走った笑い声が起こった。

さっきまで、だいぶ離れていたところで吠えていた大形の犬に違いなかった。

すると、犬と戯れているのは主の桜木留之進らしい。

桑原と新庄が顔を見合わせ、壁ごしに聞こえる声や物音を気にかけた。

だが、すぐに九十郎を見かえし、九十郎を促した。

「それで？　続けられよ」

九十郎は、ゆっくりと頷いた。

「御目付さまにご報告いたしましたところ、それは由々しき事態なり、と御目付さまの驚きは大変なものでございました。このままにはしておけぬものの、しかしながら、われらがこれを表沙汰にすれば、一旗本の不始末で済まぬ始末になる恐れがある。よって、御参政のお考えを確かめるまで、当面は伏せておくように、とのお指図でございました」

「御参政のお考えは、どうであった」

「ひと月ほどがすぎ、どうなっているのかと御目付さまにお訊ねいたしますと、御目付さまが申されました。あれはもうよい、放っておけと。すなわち、賭場はご禁制ながら、ただ今は御免同様にしておく、ということなのでございましょうな」

「ただ今は、とは？」

「ときは、田沼さまが政を進めておられた天明の好景気に沸きたっておりました。貧しき者らが博奕に耽って暮らしをないがしろにし、いかがわしき者らが良民を賭場に誘い堕落させているわけではない。それぞれの身のほどの者が、それぞれの分に応じてひとときの楽しみに興じておるのであれば、一々咎めだてする

 こともあるまい、というお考えかと思われます。ご禁制の定めであっても、事情によってはそういう場合もあるのかなと、それがしも納得いたしました」

「つまり、それで終わったのだな」

「あの折りは、確かにそれで終わりました。ですが、田沼さまが政を進められておられた世はすぎ、寛政の御改革の世となっております。質素倹約を旨とすることの御改革の下、それが今も御免同様になるかどうかは不明でございます」

隣の部屋の犬が吠え、歩き廻って畳を鳴らした。男の声が、

「大人しくせよ。よしよし……」

と、犬をなだめたが、犬の吠え声が止まらなかった。

九十郎は静まるのを待った。

「それがしは、そののち、事情があって小人目付の役目を退きました。ご当家の賭場の件とはまったく別の事情です。それから七年、浪々の身となって今にいたっております。下級の身分とは言え、決まった扶持があるのとないのとでは暮らしがまるで違います。暮らしに追われる毎日が続き、ご当家の中間部屋で開かれておりました賭場のことなど、すっかり忘れておりました。考える暇が、ござい

ませんでした。ところが先だって、と申しましても一年以上前でございますが、仕事でつき合いのある筋から、桜木家の評判を耳にいたしました。すなわち、七年前の中間部屋で開かれていた賭場が、今なお開かれている、とでございます」

「つき合いの筋とは、いかような」

　若い新庄が不審を見せ、九十郎は「はい」と頷いた。

「蔵前の札差の元に出入りしている高利貸です。札差に連れられ、自分も一度、こちらの中間部屋の賭場で遊んだことがあると申しておりました。札差の名は伏せておいたほうが、よろしいでしょうな。その者に、桜木家の客筋は江戸のお歴々ばかりと聞き、なんと、あれから賭場を続けてこられたのか、変わっておらぬのかと驚いたと申しますか、呆れた次第です」

「御免同様なのですから、続いていたとしても呆れるほどのことではないと、思うのですが」

「これからも御免同様になるとは、限らないのではありませんか。御免同様になったときと今とでは、世の事情が変わっております。長く生きておればわかります。世の事情は年月がたてば変わっていきます。同じ事情が続いたとしても、せいぜい十年だ。変わらぬ事情などありはしません。変わりゆく世の事情に合わせ、自分も変わらねばなりません。世の事情が変わっているのに自分が変わらずにこられたとすれば、それはごくまれな偶然の幸運にめぐまれたため、ではございませんかな。桑原さまはそう思われませんか」

「では、九十九さんはそれを元上役の御目付さまに売る前に、わが桜木家へ持ちこめばより高値で売れると、考えられたのですね」

新庄があからさまに言った。

あは、と九十郎は思わず笑った。

「売るとは、お若い方は物言いが直截(ちょくせつ)でわかりやすい。的(まと)をはずしておりますが、そう遠くにはずれてはおりません。ただし、それが狙いならもっと前にきておりますす。それがしは、売りにきたのではなくご相談にきたのです」

「相談？」

「桑原さま、数日前、若松町の弁次郎店の家主・弁次郎と店子の三人の町民らが、このお屋敷に訪ねてまいり、桑原さまが門前にてそれらの者と面談なされたそうですな。弁次郎らが訪ねてまいった用件は、こちらの殿さまがお飼いの秋田犬が弁次郎店の町民の子供らにけがを負わせた一件です。ご承知ではありましょうが、秋田犬はまたぎ犬とも言われ、奥羽の熊狩りに使われる気性の激しい大形犬でございます。桑原さまは面談の末、それらの者を門前払いになされた。お忘れではございませんな」

桑原は眉をひそめた。

「桑原さまは、三人の町民の子供らがけがを負うたのは、こちらの犬の所為ではない、犬の綱をとっていた中間がたしなめたにもかかわらず、子供らのほうから犬に戯れ、犬は襲いかかったのではなく、子供らへ戯れかかった。犬が戯れかかると子供らは恐くなって逃げ、犬のほうは子供らが恐れて逃げたとはわからず追いかけた。犬の綱をとっていた中間は、勢いよく急に走り出した犬の強い力に引っ張られ、思わず綱が手から離れてしまった。子供らが中間の言うことを聞いておれば、ああはならなかった、と主張なされたと」

「そうだろうとは思っておった。弁次郎らに泣きつかれて、九十九さんが代わりにかけ合いにきたわけか。埒もない。話し合いはすでにつくしておるし、双方の言い分も明白なのに、九十九さんが代わりにきて話の筋が変わるわけではない。

そもそも、かかわりのない九十九さんと再び、先日と同じ話を繰りかえして、一体なんの意味がある。まったく、呑みこみの悪いことだ」

「しかし、幼い子供らが大きな犬に追い廻されてけがをしたことを、子供らが犬に戯れて手を出したからと、子供らの所為にするのは無理がありますぞ。またぎ犬ともいわれる大きな猟犬に幼い子供らが戯れかかるなどと、大人でも恐いのですから、よほど大人しく日ごろより馴れ親しんでいなければ、できることではありません。桑原さまは、それをご存じのはずでは」

「だからどうなのだ。無理があると思うなら、お上に訴えればよろしかろう。評定の場で、公儀直参三千五百石の旗本・桜木家として、正々堂々と申し開きをするまででござる。逃げも隠れもいたさん」

「でございましょうな。むろん、それがしにかけ合いを頼んだということは、子供にけがを負わされた親たちも泣き寝入りする気はありません。遠からず、この一件の訴えは出され、評定の場に持ちこまれることに相なります。そこで、ご相談にまいったのでございます」

「九十九さんが何屋か知らぬし、知りたくもない。よって、知りもせぬしかかわりもない九十九さんと相談することは何もない。帰っていただこう」

「桑原さま、ひとつ、言わせてくだされ。この一件がお上に訴えられますと、双方の訊きとりが行われ、桜木家にもお調べが入ります。お調べが入りますと、殿さまの飼い犬の調べだけではなく、お屋敷内の他の様々な事情なども調べられるかもしれません。そこでお屋敷内の不埒(ふらち)な事柄が何か明らかになれば、訴えられた一件に正々堂々と申し開きをするどころではない事態になるのではありませんか。不埒な事柄とは、当然、中間部屋で夜な夜な開かれている賭場も入るでしょうな」

桑原は顔をそむけ、新庄は九十郎を険しい目つきで睨(にら)んでいる。

「むろん、けがを負った子供らの親は、桜木家がそのような事態になることを、いい気味だ、と露ほども思っておりませんぞ。子供の親らも、桜木家の中間部屋で開かれている賭場の噂を聞いておるかもしれませんが、それは桜木家の事柄であって、このたびの一件とはかかわりはないと思っております。しかし、定めを守らぬ者をとり締まるお上が、お屋敷内の不埒な事柄を見つけて、見つけていなかったふりをするでしょうか。あるいは、以前より噂は聞いていながら御免同様の扱いにしていたのを、これを機にということになるかもしれませんぞ。天明の田沼さまのころと寛政の御改革の今とでは、世が違っておりますのでな」

「つまり、子供の親どもの求めに応じねば、お上にそれを売るぞと強請りにきたわけか。そういう脅しが九十九さんの生業か」

「ご相談にきたのです。売りにきたのでも強請りにきたのでもありません。桑原さま、子供の親たちがこのたびの一件でお上に訴え出て、お屋敷内にお上のお調べが入ったなら、子供の親たちが探った藪から出てきた蛇が、子供の親たちにではなく、桜木家の殿さまに咬みつくような事態にならぬとは限らぬと、言うておるのです。すなわち、そのような恐れのある訴えを起こされるふる舞いは、桜木家としてはさけたほうがよいのでは、とご相談にきたのでございます」

桑原が咳払いをひとつした。

隣の部屋の犬は大人しくしていた。犬とじゃれ合う男の声もなかった。ただ、犬の激しい息遣いは絶えず聞こえていた。

「もう一度申しますが、子供の親たちはそんな事態を望んで訴えるのではありません。親たちは、桜木家の飼い犬が子供らにけがを負わせたことを、申しわけないことをした、これからは気をつける、と殿さまが詫び、けがの治療代と相応の償い金を支払う誠意を求めておるばかりでございます。莫大な金額を望んでおるのではございません。世間であたり前に行われておるほどでございます。それしきのこと、お上のお裁きを仰がずとも済むのではございませんか」

そのとき、隣の部屋の男が壁ごしに、

「わかった。思い出したぞ」

と、甲走った声を出した。

犬が急に激しく吠え、隣の部屋の何者かが中庭側の板廊下に出て、廊下を騒々しく踏み鳴らす音が近づいてきた。

すぐに明障子に数人の人影が差し、障子戸が勢いよく引き開けられた。

桜木留之進と思われる目つきのぎょろりとした中背の男が、二人の若い家士を従え、手に大形の秋田犬をつないだ太い綱をつかんで、いきなり溜りへ入ってきた。

秋田犬は、身体を覆う褐色の毛に四肢と胸や腹の白い毛並みが調えられ、顔つきは精悍だった。留之進のつかんだ綱を引っ張るように、胴体にまとう飾り物のようにくるりと巻いた毛深い尾をふり、畳に激しい爪音をたてた。

九十郎を尖った黒い目で凝っと見つめ、荒い息遣いがまるで威嚇しているかのようだった。

「殿さまでござる」

と、桑原が新庄とともに座をずらして頭を低くした。

九十郎は留之進に向きなおり、畳に手をついた。

留之進は犬をわきへ引き寄せて押さえながら、九十郎の前に立ちはだかったまままぞんざいに言った。

「九十九九十郎だな。思い出したぞ」

犬が、思い出したぞ、と繰りかえすかのようにうなった。

「九十九、顔を見せろ」

はい、と九十郎は手をあげた。

頭を持ちあげると、犬の顔が九十郎の顔のすぐ近くにあった。

今にも飛びかかってきそうな様子で、留之進の綱を引っ張っていた。

そして顔をあげた九十郎に、二度、けたたましく吠えた。

「犬は正直だからな。怪しい者には吠えるのだ。こんな顔であったか。老けたな、九十九」

「お久しぶりで、ございます。桜木さまは、ご機嫌麗しきご様子で、何よりでございます」

「何がご機嫌麗しきだ。心にもないことを言うな。わが桜木家の内情をあれこれ詮索しおって。目付の威を借りた小役人のくせに、横柄な男だった。もう八年ほど前のことだが」

後ろに従う二人の家士が小さく頷いて、冷めた目を向けた。

「九十九が小人目付を退いたことは聞いていた。なぜ退いたかは知らんし、どうでもよかったが、ああ、あの男、辞めたのか、とおぬしを思い出していやな気分になった。だから覚えている。退いてどれぐらいになる」

「畏れ入ります。七年に相なります」

「はい。仕舞屋と勝手に名乗り、よろず相談事を請け負うております」

「畏れ入ってなどおらぬから、きたのだろう。生業は何をしてきた」

「仕舞屋？　なんだ、それは」

「仕舞屋をあり体に申せば、もみ消し屋でございます。世のもめ事や争い事、ご近所同士のつき合いのごたごた、商いや勤め先での粗相、縮尻、不始末、などの表沙汰にはしたくない事柄や悩みの相談に乗り、表沙汰にならぬようにもみ消すのでございます。事と次第によっては、様々な手だてを使ってもみ消します。そのような生業を……」

「もみ消し屋か。なるほど。人の弱みにつけ入って、あぶく銭をかすめとっておるのだな。陰でこそこそと汚い手を使って探索をする小人目付の務めで身につけた、おぬしには相応しい、いかにもいかがわしき生業だ」

「小人目付の役目で得たわが身分以上の方々との知己は、仕舞屋の生業に大いに役にたってはおります。ですが、人の弱みにつけ入ってはおりません。のみならず、もみ消しには様々な手だてを使いますが、表だっては使えない汚いと言われる手であっても、我慢できるほどの不満と、ああなるよりは助かる、こうなるよりはまし、と思えるほどの満足を落としどころにして、双方が納得しているからもみ消すことができるのでございます。つまり、双方が折り合い、損得を分け合い、なかったことにいたすのです。わが仕舞屋の生業は、もめ事やごたごた、粗相、縮尻、不始末などで悩んでいる方々の相談に乗り、助勢をいたし、その成果の手間賃をいただいております。あぶく銭ではございません」

けたけたと、留之進は甲高い笑い声をまき散らした。

桑原らの低い笑い声が、留之進に調子を合わせた。

「みな聞いたか。あぶく銭ではございません、成果の手間賃だと、言うておるぞ。物も言いようだな。笑えるぞ、九十九。それで、町民どもの相談に乗り、助勢するためわが屋敷へかけ合いにきたか」

「いかにも。ご相談にまいりました」

「おぬしの薄汚れた相談話は、隣の部屋で聞いた。町民らの求めに応じよだと。でないと、お上にわが屋敷の中間部屋の遊び場をあばくぞ、と脅しておるのだな」

「こちらからあばきはいたしませんが、けがを負うた子供らの親の訴えが出されれば、訴えとはかかわりはなくとも、お上に知られる事態になるのではないか。そういう恐れがあるゆえ、訴えには持ちこまれぬよう、子供らの親の求めに応じられてはいかがか、と桑原さまとご相談いたしておりました」

「おぬしの相談には、の、れ、ぬ。わかったな」

留之進は首を突き出し大きな目でひと睨みし、犬の傍らに片膝をついて抱きかかえた。犬がじゃれて、留之進の顔を舐めた。

留之進は、犬とじゃれ合いながら言った。

「この子が可愛い倅だ。この毛並み、引き締まった胴、精悍な顔つき、敏捷な動き、真っすぐで偽りのない澄んだ心、なんという美しさだ。あの町民どもの薄汚いがきらとは、比べものにならぬ。この子の名は金吾だ。金吾に追い廻されてけがをしただと。無礼者め。薄汚いがきと金吾を一緒にするな。なあ、金吾。九十九、言っておくがな、わが中間部屋の遊び場には御公儀の重きお役目の方々も少なからず見えられ、日ごろの疲れをひとときの楽しみで散じておられる。卑しきもみ消し屋が町民どもらと結託していかなるたくらみを仕かけようと、所詮は蟷螂の斧だ。誰を相手にしておると思う。おのれらの身分をわきまえよ」

「そうかもしれません。しかしそうではないかもしれませんぞ。人はおのれに都合よく考えますからな」

九十郎が言いかえすと、留之進はまたけたたましく笑った。

金吾の首筋や腹の白いふさふさした毛をなでた。そして、金吾の首をかかえて綱をゆるめ、

「金吾、あれがもみ消し屋だ。汚い手を使うそうだ。汚い手がどんな臭いがするのか、いって嗅いでまいれ。そらいけ」

と、九十郎へけしかけるように押し出した。

桑原が、「あっ」と声を出した。

留之進に従う家士らに、明らかに戸惑いの色が浮かんだ。

ここで金吾が九十郎にけがを負わせるような事態になれば、さすがにまずい事になると思ったのに違いなかった。

しかし、金吾はひと声低く吠え、九十郎のすぐそばへためらいなく、畳を無気味に鳴らして寄ってきた。

九十郎の顔の廻りや首筋を鼻を鳴らして嗅ぎ始めた。

鋭い目に怒りは感じられなかった。何者だと、好奇心にかられて探り、むしろ、人に警戒心をまったく持っていないふうだった。

留之進は、にやついた顔を寄こしている。

九十郎は穏やかに端座し、金吾のしたいようにさせた。

優しく金吾の背中に手を触れ、見た目より存外に深く濃い毛並みに沿ってなでてやった。

「おまえはいい子なのだな」

金吾は、くるりと巻いた白い毛並みの尾を左右にふっている。

留之進はそれを見て、意外なふうに顔を歪めた。

家士が顔を見合わせ、桑原が咳払いをした。

九十郎は金吾を優しくなでながら言った。

「おまえが子供らを襲ってけがを負わせたとは、思っておらぬぞ。あの日は何かに驚いて駆け廻っただけなのだな。そういうこともある。だが、おまえが駆け廻ったために子供らが怯えて逃げ、転んでけがをした。おまえに悪気はなくとも、けがをさせたことは謝らねばならぬ。それが道理というものだ。おまえは賢くて、勇敢で、忠実な心を持ったまたぎ犬だ。道理はわかるな。だが、案ずるな。おまえのご主人がおまえの代わりにけがを負った子供らへ謝ってくれるだろう。おまえの面目を施してくれるだろう。さあ、ご主人のところへ戻りなさい」

九十郎が言うと、金吾は素直に留之進の傍らへ戻った。そして、留之進に甘えかかり、また顔を舐めた。

留之進は不満を隠さなかったが、しぶしぶ言った。

「卑しきもみ消し屋にしては、やるではないか」

「またぎ犬は、北の山国で熊と戦う勇敢な猟犬です。猟師のまたぎにも忠実で、賢い犬と聞いております。殿さまがそれほど可愛がっておられるのですから、人に敵意を持つことはあるまいと思ったのでございます」

「してやられたな。相手は金吾の腹を読んでおったぞ。おう、よしよし」

留之進は九十郎から顔をそむけ、金吾とじゃれ合った。

「では、それがしはこれにて退散いたします。いずれまた、ご相談にうかがうと思いますが……」

九十郎は畳に手をついて頭を垂れた。

留之進は九十郎に見向きもせず、金吾とじゃれ合ったままだったが、金吾が主人の無礼を詫びるかのように、ひと声、低く短く吠えた。

四

いつの間にか、入り日に近い刻限になっていた。

九十郎は若松町から両国広小路の盛り場へ寄り道をした。

両国橋の西詰をへて柳橋、浅草御門へと向かう途中の、吉川町に小松屋と屋号の看板をかかげ、《日の本一流　いくよ餅》と暖簾に染めた餅屋で、お七の土産にいくよ餅を買った。

いくよ餅は、焼き餅に餡をこってりとつけた江戸名物の餅菓子である。

両国橋から浅草御門へ向かう往来は、夕方になっても人通りが絶えず、往来へ流れ出る焼き餅の香ばしい匂いが、賑やかに通りかかる客を誘っていた。また、即席御料理の幟を店先にたて並べ、江戸前蒲焼、どぜう、などと染めた暖簾や行灯をさげた料理屋が空腹をそそり、どの店も客で混雑していた。

背中の冷や汗が、やっと引いたところだった。

金吾の精悍に尖った鼻先が、顔や首筋に触れるほど近づき、臭いを嗅がれたときは生きた心地がしなかった。耳のそばで繰りかえす犬独特の息遣いに肝を冷やし、震えて腰が浮きかけるほどだった。

とも角、苦手な犬はきり抜けたが、肝心のかけ合いの埒は明きそうにない。

桜木留之進は、おのれの身分がもたらす権威と裕福に一片の疑いも抱かず生き、人を見くだす傲慢な気性をおのれの性根にまで育んだ男だった。

それは根深い病に違いなかったが、身分の後ろ盾が続く限り、あたかも病こそが天然のごとくに桜木留之進の心の血肉になっている。

あの男に、武家の面目や体裁と実情を秤にかける表の道理や、損と得を分け合って落としどころを見つける裏のかけ合いは通じない。あの男の弱みは、弱みが天然になっていて、弱みを弱みと気づいていないからだ。

いや、あの男は弱みを知らないのだ。ならばどこを突けば……

九十郎は、浅草御門から馬喰町の往来へとった。

馬喰町までくると両国広小路の人の様子とはだいぶ違ってくる。

ここら辺は荷送問屋が多く、郡代屋敷の物見の櫓がそびえる町内の北側には初音の馬場があり、また元禄のころから旅人宿が軒を並べている町であった。

西の空に夕焼が燃えるころになり、江戸へ着いたふうな旅人姿や荷をうずたかく積んだ荷馬が次々とゆきすぎていった。

二丁目と一丁目の辻を、附木店のほうの横町へ折れた。横町に折れ、人通りが急に少なくなった。そのときだった。

「お玉、こっちだよ」

若い女の艶やかな声が通りに流れた。

物思いが、ふと、断ちきられ、通りの先の声がしたほうへ目をやると、夕焼の光の中でも鮮やかな青紬を裾短に着けた女が、附木店へ半身を向け、佇んでいるのを認めた。

菅笠をかぶり、背に手行李の荷物、白の手甲脚絆白足袋に後ろ紐をかけた草鞋、杖を手にしてすっと佇んだ姿は、絵に見るような女の旅姿だった。

菅笠に隠れて顔だちは、白く細い頤と紅い唇しか見えないものの、おう、と思わず声がもれ、九十郎は自分の生臭さをおかしく思った。

「おまさちゃん」

お玉と呼ばれた三、四歳の童女が、呼びかえしながら女へ駆け寄ってくるのが次に見えた。童女も菅笠に赤い袖なしの人形のような旅姿で、身体にはまだ長い杖を持て余している様子が微笑みたくなるような可愛らしさだった。

おまさちゃん、母親と娘ではないのか……

九十郎は呟いた。

女は駆け寄った童女の手を引いて、伏し目がちになって歩き始めた。

おまさとお玉か、と思いつつ二人とゆき違っていく。

女の青紬と童女の赤い袖なしが夕焼に照り映え、通りかかりの目を奪った。

ゆき違うとき、女に手を引かれた童女が九十郎を見あげ、小さな白い歯を見せて笑いかけた。九十郎も童女へ笑いかえすと、それに気づいた女と目が合った。

女がさり気なく微笑み、九十郎は年甲斐もなくまごついた。

広い額ときれ長な二重の目に尖った鼻筋のとおった、まことに美しい女だった。

ゆき違ってから、「阿呆」と九十郎は自分に言った。

横町の往来を少しいって、ついふりかえった。

女と童女は、馬喰町の辻を東へ折れてゆくところだった。

気になった。ただ、それだけだった。

お玉が池のわきを通り、神田町内の往来を幾つか折れて、小柳町と平永町の境のお兼新道に入った。

日が沈み、通りは薄暗くなっていた。

長兵衛の髪結床も湯屋もすでに終わっている。

湯屋の角をすぎ、小柳町側に人ひとりがくぐれるほどの鳥居のある稲荷がある。稲荷の北隣が江戸前蒲焼の野田屋で、軒にさげた提灯の明かりが新道を明るく照らし、甘いたれの匂いのする煙がのぼっている。

野田屋の向かいが下り傘の和泉屋、そして伽羅屋の山城、りん病妙薬五宝丹調合所の嶋屋、鼻緒一式草履下駄の錦屋、櫛簪笄小間物の木田、そこもまだ暖簾がさがって表戸の障子に明かりが射している二葉寿しの二葉屋、求肥飴屋の播磨屋、蠟燭問屋の丸屋と、新道の両側に間口の狭い小店が軒を並べている。

呑屋や食い物屋以外は、どこも店仕舞いの刻限である。

通りかかりの顔見知りが九十郎に気づいて、「よっ、せんせい、お休みなさいやし」とゆきすぎていく。

「ふむ、お休み」

と、九十郎はかえす。

九十郎はこのお兼新道界隈では《せんせい》と呼ばれている。

旦那、と呼ぶのは藤五郎だけである。藤五郎とは九十郎が小人目付に就いていたときからのかかわりで、そのころの旦那が今も続いている。

七年前にお兼新道に越してきてから、いつ、なぜ、《せんせい》になったのかは覚えていない。年寄りのひとり暮らしを気遣ってくれているのだろう。そう思って放っておいた。その呼び方が、今も変わらずに続いているのである。

小柳町の小路に入り、四つ目垣の片開き木戸から、狭い前庭の三個の踏み石を踏んで引違いの腰高障子を開けた。

「戻った」

土間に入ると、すぐに台所のほうから寄りつきの三畳間へ、襷がけのお七が足ばやに出てきて、畏まって手をついた。

「旦那さま、お戻りなさいまし」

畏まらずともよい、とお七を雇ったときから言っているが、お七は変わらずにそうするので、それも続いている。

寄りつきの続きに台所がある。

引違いの障子戸の奥では行灯が灯され、行灯の明かりが台所の板敷や、勝手の土間から裏庭の井戸端へ出られる勝手口の片引きの腰高障子を照らしている。

「戻りに両国へ寄って、いくよ餅を買ってきた」

九十郎は竹皮にくるんだいくよ餅を、小さな顔を持ちあげたお七の前にかざした。お七は、「わあ、嬉しい」と、まだ十二歳の子供らしい笑みを見せ、竹皮のくるみを両掌(りょうて)に載せた。

「今夜は鍋(なべ)かい。さっぱりといい匂いがするね」

刀をはずしながら表の間にあがった。

「鍋ではありませんけれど、かれいがありましたので、かれいの大つみ入れを作ってみました。大つみ入れの煮物です」

「つみれの煮物か。ほう、美味(うま)そうだ」

台所の温もりの中に、淡い煮物の匂いがこもっていて、板敷の竃(へっつい)に近い方に九十郎の膳の支度ができている。

「年寄りには冬は暖かいし、夏は板敷がすずしいのでな」

九十郎は台所の竈のそばに藺の円座を敷いて、いつも膳についた。暑いのはなんとかなるが、寒いのはつらい。

お七の拵える料理は美味い。会津の料理人の父親に、小さな童女のころから料理を仕こまれた、と言っていた。十二歳の子供とは思えない腕前である。料理人の父親は、おそらくはまだ幼かったお七の気性に特別な何かを見出したのだろう。だから、仕こんでみよう、と思ったのに違いなかった。

父親は、自分の仕こんだ料理の技を、子供のお七が小さな身体に新しい着物を次々とまとうように身につけていく様子を、目を細め、胸を躍らせながら見守っていただろう。

美味い料理は、人を幸せにし、腹に溜まった憂さを晴らしてくれる。

なるほど、と九十郎はこのごろ、お七の支度する膳に向かって思うことがある。何がなるほどなのか、上手く言葉にはできないが、何かが確かに腑に落ちた。

ものは試しに、とお七を雇った。だが、試されているのは自分ではないか。お七が毎日支度をする膳について、一日一日、自分という人の寸法を試されているのではないかと、しいて言えばそんなふうに、なるほど、と腑に落ちた。

「お酒はどうなさいますか」

お七が、勝手の土間に下駄を鳴らして訊いた。

「喉が渇いた。冷や酒を一本頼む。今日は冷や汗もだいぶかいた」

九十郎の真顔と苦笑のまじり合った顔つきに、お七は小首をかしげた。

「事なきを得た。あとで話してやろう。面白い話ではないがな」

勝手の土間に降り、勝手口から井戸端へ出た。手と顔を洗い、桜木家で冷や汗をかいた身体をごしごしとぬぐった。

すると、顔や首筋に触れるほど近づいた金吾の息遣いがまた思い出された。着物の下は冷や汗をどっさりかき、外側では懸命に平然と装っていた自分が滑稽だった。やれやれ、と滑稽な自分が笑えた。

膳にはいつもひとりでつく。お七はそばについて、ご飯をよそったり汁をついだり、酒や茶を用意したりして一緒には膳を並べなかった。

これも、お七を雇ったときに一緒にいただこう、と勧めたが、「わたしはあとで」と言うので、お七の好きにさせている。

膳には、かれいの大つみ入れの煮物の碗、人参の白和の猪口、小口きりの大根の漬物、それに味噌汁がついていた。贅沢な膳ではない。むしろ質素だが、膳は見た目の気配りや心遣いによって美しくなる。

「まずは……」

と、九十郎はかれいの大つみ入れに箸をつけた。皮牛蒡と焼き麩がとり合わせになっていて、煮物の彩りになっている。淡く醤油の色がついた透明の煮汁は少し辛めだった。だが、つみれの身のかすかな甘みが九十郎の口の中でまじり合った。

「ああ」

と、声と笑みがこぼれた。くせのない、新鮮な味わいだった。

「美味い、お七」

お七はまだ十二歳の肉の薄い肩をすくめて、くすり、と笑みを浮かべた。

「すり身は、かれいと一緒にすりおろした山芋と玉子の白身を加えました。煮汁は昆布とかつお節の出し汁に醤油と塩が少々で、少し辛めになっています。大つみ入れは、すり身を小餅ほどの大きさに指で丸めて煮たてた汁に入れるから、そう言うんだそうです。あんまり形を整えずに、大胆にやるんだって」

「父親から、仕こまれたのか」

「はい。煮物の碗種に白身魚のつみれは欠かせないからと、料理の修業が始まってからすぐに教えられました。かれいを三枚におろすのも皮を引くのも、身を細かくかき分けて出刃包丁で粗叩きするのも、手ほどきしてくれました。あ、それから白身を使った玉子の黄身のほうは味噌汁にといて入れています」

味噌汁の椀に浮いている黄色い具はなんだろうと思っていたが、玉子の黄身だったかと気づいた。

人参の白和は、和える前に茹でた人参に胡麻油をまぶして炒めてあり、冷たくあっさりした白和にもかかわらず、香りがよく食べごたえがあった。

箸が動き、酒がすすんだ。

「大つみ入れは、お代わりはできるかい」

「四人前を拵えましたから、大丈夫です。残ったら明日の朝ご飯にいただけます」

お七が碗に、淡い湯気をたてる大つみ入れを新しくよそった。

「明日もこれがいただけるのは、楽しみだね」

するとお七が言った。

「旦那さま、今日は何があって冷や汗をおかきになったんですか」

「そうだ。仕事先でかいた冷や汗の話をするのだった。これをいただくことに夢中になって忘れていた。お七は犬を飼ったことはあるかね」

「うちはお客さま相手の料理屋でしたので、犬も猫も飼ったことはありません。犬や猫が苦手なお客さまもいらっしゃいますので」

　ふむふむ、と九十郎は頷(うなず)きつつ酒を含んだ。

「今日、若松町のある旗本屋敷を訪ねた。主人が犬を飼っていた。茶色い毛並みの美しい、尻尾がくるりと巻いた大きな秋田犬だ。お七は秋田犬を知っているか」

「あきたいぬ？　名前を聞いたことはあります」

「またぎ犬とも言うのだ。奥羽の山国に、またぎ、と呼ばれる狩猟を生業にする猟師がいる。熊も狩る。またぎ犬はまたぎに従って熊を山中に追い、熊とも戦う勇敢な猟犬だ。旗本屋敷の主人はそのまたぎ犬を、家の中で飼っていた」

「家の中でって、犬が廊下を歩いたり畳に寝そべったりするんですか」

「するのだ。畳に爪をがりがりとたてて、歩いていた。飼い主は旗本の体裁などかまわずその犬をむやみに可愛がり、可愛くて堪らぬという様子で、家臣や訪ねていったわたしの前でも、べたべたとお互いに舐め合っていた」

「ええ？　なんだか、気持ち悪そう」

「わたしも、傍から見ていて少し気持ち悪かった。だが、可愛いと思う者は苦にならぬのだろう。あるときその犬が町内を走り廻った。その所為で町内の子供らが恐がって逃げ廻り、転んだりしてけがを負った。咬みついたのではないが、飼い主は子供や親に詫び、けがの治療代などの償いをしなければならぬ。ところが、飼い主は旗本の身分を盾にとって、身分の低い町民ごときに天下の旗本がなぜ詫びねばならぬ、子供らがけがを負ったのは犬の所為ではないと言い張り、償いに応じる素ぶりをまったく見せなかった。それでわたしが、飼い主へかけ合いにいった」

お七が、こくりと大きく頷いた。

「飼い主は、わたしがかけ合っても、償いに応じようとはしなかった。それどころか、飼い犬をわたしにけしかけた。またぎ犬は気性の激しい猟犬だが、飼い主に忠実で賢く、よほどのことがない限り人に危害を加えたりはしない。飼い主はそれを承知して、脅そうとしたのだ。わたしを怯えさせ、からかうつもりだった」

「まあ、大人が子供みたいな真似（まね）をするんですね」

「まったくな。けれども、大形のまたぎ犬がわたしの顔や首筋に鼻先が触れるほど近づき、くんくんと鼻を鳴らして臭いを嗅いだときは、じつに恐ろしかった。しかも飼い主はにやにやしているばかりで、とめようとしないのだ。わたしが恐れをなして助けを呼ぶか逃げ出すのを、面白がって待っていたのだろう。だから、わたしはやせ我慢を決めた。平静を装って犬のしたいようにさせたが、着物の下は冷や汗をどっさりかいていたよ。あのときの自分の姿を思うと、確かに笑えるが」

あは、と九十郎は笑った。

お七もつられて、くす、と笑みをこぼした。

「近所にもそういう悪戯（いたずら）をする子がいました。その子が犬を飼っていたんです。大きな犬ではなかったけれど、わたしたちも小さな子供でしたから、吠えかかられると本当に恐いんです。その子は意地悪をして、わたしたちが恐がっていると、わざと犬をけしかけるんです。小さい子が犬を恐がって泣いたり騒いだりするのを、面白がって。お旗本の飼い主は、その子みたいですね」

「その子みたいに思えるか」

「思えます。その子も、わたしたちを恐がらせるために、わたしたちの遊んでいるところに、いつもわざと犬を連れてくるんです」

　九十郎はひときれのつみれを口に運び、口の中でほぐれる舌触りを味わった。

「お七なら、旗本の飼い主をどうする」

　お七は、綺麗な顔だちに考え深げな笑みを浮かべている。

「犬をとりあげたら、きっと、改心すると思います。その子もそうでした。その子の飼っていた犬が、通りかかりによく吠えて、咬みついたりすることがあって、苦情が沢山きたんです。その子のお父っつあんが、もう飼ってはおけないと、犬をどこかへ連れていって、それきり犬はいなくなりました。お父っつあんが犬を引っ張っていくとき、その子は、いやだいやだって、泣いてお父っつあんにすがっていました。あれはちょっと、可哀想でした。でも、犬がいなくなってから、その子はわたしたちに意地悪をしなくなったんです。きっと、自分が悲しい目に遭って、わたしたちをわざと恐がらせたり嫌がらせをしたりすることが間違っていたと、気づいたんだと思います」

「犬をとりあげる、そういう手か」

金吾を溺愛する桜木留之進の様が思い出された。いやだいやだと、泣いて金吾にすがりつく留之進の姿が思い浮かんだ。

「でも、飼い主は改心するかもしれないけど、犬は可哀想です。飼い主が改心したら、犬をかえしてあげればいいんです」

九十郎はつみれの舌触りを味わってから、冷や酒をあおった。

ふと、そうか、それはいい、と思った。

そう思うと、ちょっと嬉しい気分になり、思わず顔をほころばせた。

何がおかしいんですか、と問うみたいにお七は首をかしげた。

「お七、それがいいな。飼い主がちゃんと飼えば、飼い主の心根が犬にもきっと通じるだろう。いいことを聞いた。お七に訊いてよかった」

「そうなんですか。何かお役にたったんですか」

「役にたった。よし、酒はもういい。ご飯をいただこう。大つみ入れをおかずにご飯をいただく」

九十郎は杯をおいた。

其の二　御家人の娘

一

おまさとお玉は、市谷御門のほうから濠端の土手道を、市谷田町上二丁目へととっていた。

朝の光が降る白い土手道が、濠に沿って牛込御門のほうへ真っすぐ通って、濠の対岸には樹林に覆われた番町の高台がつらなっている。

おまさには、七年、足かけ八年目に眺める景色だった。

「おまさちゃん、これからどこへいくの」

お玉がおまさの袖をつかんで見あげた。

「神田三河町の、お玉が父ちゃんと母ちゃんと暮らしていた矢助さんの店へいくんだよ。矢助さんに会って、お玉がこれからどんなふうに暮らしていったら一番いいかなって、相談して決めるためにね」

おまさは、努めて明るい顔つきをしてお玉へ向いた。

「神田三河町の？」

「そうだよ。家主さんの矢助さんは知っているだろう？」

「わかんない。お志麻ちゃんは知ってる」

「名前は知らなくても、会えばすぐにわかるよ。このおじさんだって。お志麻ちゃんにも会えるからね」

ふうん、とお玉は何かしら浮かない顔をした。

おまさを見あげ、不安げに目をしばたたかせた。

何日か前まで父母と暮らしていた店に、父母はもうおらず、たったひとりで戻る奇妙な成りゆきが、幼いお玉の考えでは辻褄が合わないのだろう。自分の身に何が起ころうとしているのかがわからず、きっと混乱しているのに違いなかった。

「大丈夫さ」

おまさは、おまさの袖をつかんで遅れぬようについてくるお玉に笑みを見せた。

「でも、その前に、寄り道するところがあるんだよ。いいね」

お玉は、うん、と頷いた。

昨日は、田無宿をたって新宿に宿をとった。お玉の足では田無から新宿までが精一杯だったし、急ぎ旅ではなかった。両国の常浚いの斗右衛門を訪ねる前に、神田三河町の矢助店にお玉を連れていき、事情を伝えてお玉を預ければ用は済む。

たった三日の旅の道連れだった。

目の前で失った父母の代わりを求めるかのように、おまさから片ときも離れないお玉は哀れだったが、所詮はおまさにかかわりのない他人の子である。

これでやっかい払いだね、と思いながら、なぜかちくりとおまさの胸を刺した。市谷田町上二丁目と下二丁目の境の往来を、火之番丁の坂道へ折れた。

火之番丁は、道の左右に小身の武家屋敷が土塀をつらねていた。

火之番丁の坂をのぼると払方町に出る。

坂の途中に組合辻番があって、番人が旅姿の女と幼い子供の二人連れを珍しそうにじろじろと見た。だが、咎められはせず、番人の顔にも見覚えはなかった。

それでもおまさは菅笠の下に顔を隠し、辻番の前をうた坂へ折れた。うた坂は幅一間四尺の短く急な上り坂で、坂の上の空に雲が浮かんでいた。

屋敷はあの空の下あたりである。

道の両側の武家屋敷地は、何も変わっていなかった。顔見知りが出てきても、七年前とまるで違うおまさの姿に気づかれることはあるまい。

胸がときめいた。

変わらぬ佇(たたず)まいの懐かしさが、おまさの負い目をいっそう重くした。

変わったのはわたしだけさ。おまさは思った。

おまさの袖を、ぎゅっとつかんで懸命についてくるお玉が、なあに？　というふうに見あげた。おまさはそれに気づかなかった。

坂をのぼった道の前方にまた辻番が見えたが、人通りはおまさとお玉の二人連れのほかになかった。

道に沿って、人の背丈ほどの土塀がうねうねとつらなっていた。土塀は所どころの漆喰(しっくい)がはげ、荒壁が剝(む)き出していた。坂道をのぼったあたりの左手の、屋敷と屋敷の土塀の間に、人ひとりがやっとすれ違えるほどの狭い路地が通っている。

「おいで」

おまさはお玉を従え、路地の奥へ入っていった。

両側の土塀の上に枝葉をのばした木々が、明るい空をさえぎって路地は薄暗かった。路地は別の屋敷の土塀に突きあたり、そこから右へ曲がり奥へのびていた。曲がり角から樹木に日をさえぎられたうす暗い路地を進むと、奥の右側の土塀に裏木戸が見えてきた。

裏木戸の手前に、離れの小さな一棟が、ひびの入った古びた土塀に沿って敷地内に建っていた。

板葺(いたぶき)屋根と板壁のこれも古びた建物で、土塀の瓦(かわら)屋根ごしに、板壁に作られた竹格子の明かりとりが見えていた。

明かりとりは、引違いの障子戸を閉ざしてあった。

おまさは足を止め、土塀の中の明かりとりを見あげた。

おまさの肩が静かにゆれていた。お玉には土塀の中の明かりとりが見えず、何を見ているんだろうと、背伸びをした。

やがておまさは一度俯(うつむ)き、赤い唇を嚙(か)み締めた。

また顔を持ちあげ、静かでちょっと寂(さび)しげな声を明かりとりへかけた。

「しげ、お重、いるかい。いたら顔を見せて」

お玉には土塀しか見えなかったから、おまさが土塀に話しかけているみたいに思えた。ただ、おしげって誰だろうと、とても気になった。

おしげ……おしげ……

おまさは間をおいて、静かに、やはりちょっと寂しげに呼びかけた。

路地は、ほんの小さなささやき声さえ聞こえそうな静けさに包まれていた。

「お重ちゃん、いないのね。お重ちゃんはお友だちなの」

お玉がおまさの手をとって言った。

おまさはお玉の手をにぎりかえし、土塀の先の明かりとりを見あげたまま、黙って頷(うなず)いた。

お玉にはおまさが途方に暮れているように見え、おまさを可哀想(かわいそう)に思った。

「お重ちゃん、どうしちゃったのかしら」

お玉が言ったとき、明かりとりの障子戸が、ことり、と音をたてた。それから、そうっと引かれた。

竹格子の中に、お重の顔が見えた。

おまさは菅笠を持ちあげ、お重に自分の顔がもっとわかるようにした。

「お重、わたしです。雅(まさ)です」

やがてお重が気づき、目を瞠(みは)った。

「まあ、お嬢さま……」

おまさとお重は言葉を失い、見つめ合った。

樹林の陰になったうす暗い路地へ、お重が裏木戸をくぐり出てきた。

足ばやに草履を鳴らし、路地の曲がり角に佇んだおまさと傍らの小さなお玉を訝(いぶか)しそうに見比べた。

おまさの間近にきて、驚きの目を離さず言った。

「お嬢さま、雅さま。まあ、本当に雅さまですね。お久しゅうございました。見違えました……」

「お重、達者でしたか」

「どうして、こんなところに。表からお入りにならないのですか」

「今のわたしは、結木家の雅ではありません。居場所定めぬ旅の女です。ここはもう、わたしがきてはいけないところだから」

「旅の、女……」

「そう。だからお重の情けにすがるしかなかった。お重がいてくれてよかった。本当に懐かしい」

　おまさはこみあげる感情を抑えて、微笑んだ。

　お重の目が、今にも涙をこぼしそうに赤く潤んだ。

「何を仰るのです。お嬢さまは結木家の雅さまです。ご隠居さま方にもお会いにならなければいけません。それから旦那さまにも。みなさまきっと驚かれ、お喜びになられます」

「旦那さまとは、今は兄さんが結木家を継いで、お父さまとお母さまは隠居なさっているのですね」

「はい。三年前、お父上さまとお母上さまはご隠居なさり、英之介さまが家督を継がれ、旦那さまでございます。旦那さまは去年、火之番組の組頭にご出世なされ、ご隠居さま方もとてもお喜びで、安堵なさっているご様子です」

「よかった。わたしの所為でお父さまやお母さま、兄さんがどれだけつらい思いをなさっているかと、それが気がかりでした。兄さんがつつがなく結木家を継ぎ、お父さまやお母さまを守ってくれているのですね」

「英之介さまはご立派な旦那さまになられました。この秋に、番町の白石家のお嬢さまをお内儀さまにお迎えになるお話が、進んでおります」

「まあ、めでたい。兄さんには、何もかもを押しつけて苦労をかけました。幸せになってほしい」

「そうですとも。お雅さまがお戻りになられれば、もっと……」

「いいえ。それはできないのよ。雅は、七年前、二十歳のときに亡くなりました。今のわたしは雅ではなく、結木家はわたしの戻る家ではありません」

そこでおまさは、しばし言いよどんだ。そして言った。

「長逗留をした旅先で、江戸へ商いの用で出かける商人に、結木家の様子を訊ねてくれるように頼むことができたのです。半月ばかりがたって戻ってきた商人から、お父さまの具合が悪く、だいぶ以前より寝たきりになっていると聞けました。お父さまの具合がわるいと聞くと堪らなくなって、江戸へ戻ってきたのです。

訪ねることのできないわが身と承知しているのに、こずにはいられなかった。近所へいけばもしかしたらお重に出会い、お父さまの様子が聞けるかもしれないと思いました。この路地からお重を呼んでみようと思いたったんです」

「お雅さま、何もかも済んだことです。ときは流れ去りました。もうよろしいのではございませんか。お屋敷に戻られ、昔のように結木家のお嬢さまとしてお暮らしになられては」

「わたしのことはいいのです。これが武家の習いです。それよりお重、お父さまの容体はどうなのですか」

「ほとんど床につかれたまま、毎日おすごしです。お医者さまが仰いますには、心の臓がひどくお悪く、安静にしていないと命が危いと。今は、欠かさずやっておられた剣術の稽古もおできになれず、ずいぶんとお弱りに……した」

おまさは「心の臓が」と呟いただけで、うな垂れた顔を手で覆った。

胸が締めつけられ、言葉を失った。堪らないほどのやるせなさに、押し潰されそうだった。涙がこぼれそうになるのを、ぐっと呑みこんで耐えた。

おまさは大きく胸をはずませ、ひと息吐いた。そして、

「そう……」

と、ようやく言った。

「耕吉とお弥江は、変わりはありませんか？」

「二人とも、変わらず奉公を続けております。弟の源次郎はお屋敷の若党にとりたてられ、二刀を差して英之介さまのお勤めの送り迎えの供をしております」

「まあ、源次郎が若党に。わたしが屋敷を出たときは、まだ子供だったのに」

耕吉とお弥江は、おまさが六つの折りに夫婦で雇われた下男下女である。屋敷内の裏庭に建てた離れで住み始めたとき、二歳のお重を連れていた。お重の弟の源次郎が生まれたのは、おまさが九歳のときである。使用人の子供たちだが、お重も源次郎もおまさには妹と弟のような親しみが感じられた。

「お重は、どうなの？　お重は二十三歳ですね」

「はい。源次郎がもう少ししっかりしてくれるまで、わたしはまだ。父と母も歳ですから、源次郎に任せておくのは心配ですし」

昔なら姉のように意見をしただろうが、今のおまさは、自分の身をふりかえって口をつぐんだ。

「お嬢さま、こちらのお子さまは……」

お重がお玉へ目を移した。

「この子はお玉です。青梅宿の同じ宿に泊り合わせた夫婦の子で、わけがありましてね。お玉を神田の三河町へ連れていかなければならないのです」

「そうなのですか。わたしはてっきり、雅さまのお子さまかと」

おまさはお玉へ向いた。

「お玉、この人はお重さん。わたしの子供のころからの、お知り合いだよ」

お玉はおまさの手につかまったまま、お重を見あげて恥ずかしそうにしている。

「こんにちは、お玉ちゃんと言うのね。お幾つ？」

お重はお玉の目の前にしゃがんで言った。

お玉は、こくりと頷き、小さな手に四本の指をたてた。

「そう。四歳なの。お利口ね」

と、お重はお玉の小さな手をとり、おまさに言った。

「雅さま、ご隠居さまのご容体を案じられてお戻りになられたのですね。それならなおのこと、お入りください。ご隠居さまにお顔をお見せになって、ご隠居さまを安心させておあげになってください。旦那さまも今日は非番で、お屋敷におられます。すぐに旦那さまにお知らせしなければ」

お重が、「さあ、お嬢さま」と身を起こしたときだった。

裏木戸が鈍い音をたて、うす暗い路地奥に人がくぐり出てくるのが見えた。

「旦那さま……」

お重が路地奥をかえり見て言った。

侍は大柄な体軀を路地奥のわずかな木漏れ日の中に佇ませ、三人へ顔を向けてきた。うす暗くとも、凜々しく堂々とした風貌に見えた。

お重は膝に手をそろえて、侍へ辞宜をした。

「雅さま、英之介さまです」

ふりかえったお重は、思わず「あっ」と、声をもらした。

そこには、おまさとお玉の姿はなかった。お重はすぐに曲がり角へいき、おまさの姿を追った。

一瞬、うす暗い路地の先におまさとおまさに手を引かれた小さなお玉の後ろ姿が見えたが、二人の後ろ姿は往来の白い日射しの中に出ると、往来を折れてたちまちかき消えた。

うた坂をくだり、火之番丁から濠端（ほりばた）の堤道に再び出た。

おまさは泣いてはいなかった。

一瞬だけでも兄の英之介に見られたと思うと、胸の鼓動が早鐘（はやがね）のように打った。

悲しいのでも寂しいのでも、つらいのでもなかった。

激しい後ろめたさに責められた。仕方がないよ、と自分に言い聞かせた。

だが、泣きはしなかった。涙は二度とこぼさない、と決めた七年前からそうだ。

「おまさちゃん、大丈夫？　もうご用は済んだの」

お玉がおまさに手を引かれ小走りになりながら、大人びた口調で気遣った。

「済んだよ」

おまさは、真っすぐ前を見てこたえた。

二

三河町一丁目の自身番で訊ねたが、三河町一丁目に矢助店はなかった。二丁目にも三丁目にも四丁目にも、矢助店はなかった。もとより、三河町の良太春夫婦を知る者はいなかったし、お玉が誰の子かもわからなかった。

お玉は何も言わず、三河町の町内を虚しく廻るおまさについている。

おまさは困惑した。わけがわからなかった。

おまさの知らないわけがあることだけが、ようやくわかっていた。

追剝ぎ強盗にしては妙な、という気がしていた。青梅宿でお玉の両親を襲った三人の男たちは、両親の路銀を狙ったのではなかった。

三人の狙いは、おまさの知らないそのわけにあるのは明らかだった。

だから、お玉の父親は、おまさだけにわたせと、十両を包んだ紙包みをお玉の懐に入れ、お玉を逃がしたのだ。

お玉は、そのわけを知っているのだろうか。

おまさは三河町の往来で歩みをとめた。

お玉の小さな菅笠をあげ、お玉を見おろした。

「お玉、お腹が空いただろう。お昼ご飯をいただこう」

お玉は、無邪気におまさを見あげ、白い小さな歯を見せて笑った。

往来に《お休み処》の旗を垂らした茶屋があった。表にさげた暖簾に、とろろめし、と記してある。

昼の刻限はだいぶすぎていて、店は混んではいなかった。

おまさとお玉は店土間の長床几にかけて、とろろ飯を頼んだ。

長床几の上にちょこんと坐ったお玉は、運ばれてきた膳に向かい、「いただきます」と、小さな掌を合わせた。

そして、口の回りにとろろやご飯粒がついているのも気づかず箸を使った。

お玉の手に余る長い箸が碗に触れ、かちゃかちゃと鳴った。

お玉はお玉なりに、おまさに気を遣っている。空腹になっても我慢して、しかも自分の身に何が起こっているのかも知らず、ただ懸命におまさに遅れまいと歩き廻っていたのに違いなかった。

お玉の無邪気な仕種を見ていると、可哀想でならなかった。

同時に、困った、とも思った。

どうするのさ、とおまさは自分に問うた。

「お玉、父ちゃんと母ちゃんの名前は知ってるかい」

ふと、おまさはとろ飯をすすりながら訊いた。

お玉は箸を動かしながら、うん、と考えるふうもなくこたえた。

「父ちゃんは、みつすけ、母ちゃんは、おこん、だよ」

おまさの箸が止まった。

「ええ、良太とお春じゃないの？」

「ううん。みつすけとおこんというお名前なの」

「お玉、この前お宿で、お役人さんにいろいろと訊かれたことを覚えているね。あのとき、父ちゃんと母ちゃんの名前をお役人さんに言わなかったのかい」

「わかんない。父ちゃんと母ちゃんと言えばわかるもの」

「なら、父ちゃんと母ちゃんとお玉は、どこで暮らしていたんだい。町の名前を知っているかい」

「お店はもうないの。だから父ちゃんが言ったの。お店に戻っちゃいけないって」

「お店はもうなくても、町の名前は覚えているだろう」

「知らない。でもお志麻ちゃんがいるし、お隣にお照おばさんもいるから、いけばわかるよ」

お玉の箸と碗が、かちゃかちゃ鳴っている。

「お玉の父ちゃんは、どんなお仕事をしていたんだい。母ちゃんも何かお仕事をしていたのかい」

「知らない。父ちゃんはお勤めしているの。だから、お玉と母ちゃんはお家でお留守番をするんだよ。父ちゃんがお勤めに出かけるとき、父ちゃん、いってらっしゃいって、母ちゃんと言うの」

「母ちゃんから聞いたことを何か覚えていないかい。父ちゃんがお勤めしていたお店の名前とか、近所の評判のお店の名前とか。そうだ、人が沢山お参りにくるお稲荷さまとか八幡（はちまん）さまとか、お寺とかは近所になかったかい」

「うん、知らない」

お玉の箸を動かす手が遅くなり、無邪気な様子が消えた。おまさはちょっと向きになっていた。かまわず言った。

「いいかい、お玉。これはお玉にとって、とっても大事な事なんだよ。お玉がお祖父ちゃんとお祖母ちゃんのお店へちゃんといけるようにするために、役にたつことなんだからね。よおく考えて、思い出してごらん」

お玉は廻りにご飯粒のついた口をゆっくり動かしながら、

「大きなお屋敷があった」

と、ぽつりと言った。

「大きなお屋敷？　それはお武家屋敷だね。お侍さまが沢山いたんだね」

お玉は頷き、「大きな犬がいた」と、消え入るような声になった。

「大きな犬が、お武家屋敷にいたんだね。お武家屋敷のお名前は何？」

「お武家屋敷は沢山あるの」

「大きな犬のいるお武家屋敷のお名前は？」

「お犬屋敷よ」

「だから、お犬屋敷のお殿さまのお名前は？」

おまさの語調が強くなった。

お玉は、知らない、と首を左右にふり、怯えた目を向けた。

碗と箸を持ったまま動かさず、恐いのを堪えるように唇を結んだ。しかし、怯えた大きな黒い目は見る見る潤んで、涙が丸い頰を伝った。う、う、と息を止め

て泣くのを我慢した。そして、

「母ちゃん、母ちゃん……」

と、助けを求めるような、呪文のような小声をもらした。

ああ、しまった、とおまさは気づいた。

お玉の苦しみは、おまさの苦しみ以上なのだ。

その苦しみを、小さな身体で懸命に受けとめている。自分を守ってくれる両親も、帰る家も、安らかな日々の営みも、この子は失くしたのだ。

この子はわたしと同じじゃないか。子供相手に向きになって、馬鹿だね。

おまさはお玉へ微笑みかけた。

「ごめんね、お玉。知らないならいいんだよ。今はわからなくても、いつかはわかるから。ご飯をお食べ」

お玉の丸い頬を両掌で包み、頬を伝う涙を指先でぬぐい、ついでに口の廻りのご飯粒ととろろの汚れをとってやった。

お玉は泣きながらも、とろろ飯の続きを食べ始めた。

「おや、可愛い嬢ちゃんだね。おっ母さんに叱られたのかい」

と、勘定を済ませて茶屋を出てゆく客が、お玉のふり分け髪をなでていった。

両国の常浚いの斗右衛門の店は、両国から少し離れた馬喰町二丁目にあった。

常浚いとは、江戸市中の堀を浚渫(しゅんせつ)する請負人である。

斗右衛門は両国浜町界隈(かいわい)から本所(ほんじょ)の竪川(たてかわ)周辺と四目橋までが請け負いの地域で、お城には一ヵ年百六十両ほどの請負料を納めている。その一方、裏では両国の盛り場や本所界隈の賭場(とば)の貸元のひとりであり、顔利きである。

おまさがお玉を連れて、馬喰町二丁目の斗右衛門の店を訪ねたのは、午後の日もだいぶ傾いたころだった。

斗右衛門は、後頭部を覆う髱(たぼ)が目だつ肉づきのいい大柄な男だった。大きく剝(む)いた目つきにごつい鷲鼻(わしばな)と厚い唇の風貌が、貫禄(かんろく)ではなく不気味さで相手を威圧しないではおかなかった。

その風貌とは裏腹に、存外高く優しい声を発し、おまさとおまさの隣にぴたりと寄り添ったお玉を見交わしつつ言った。

「青紬のおまさの名を、八州の渡世人で知らぬ者はいねえ。将軍さまお膝元(ひざもと)のこの江戸でも、青紬のおまさの評判は聞こえていた。だが、評判は聞こえても、江戸の博奕打ちで本物の青紬のおまさの壺ふりを見た者はいねえ。評判じゃなく、とうとう本物の青紬のおまさに会えた。おれは嬉しいぜ。よくきてくれた」

それから隣のお玉を睨みつけ、に、と黄ばんだ杭のような歯並みを見せた。

お玉は小さな身体をさらに縮めて、斗右衛門を恐る恐る見かえした。

おまさとお玉が通されたのは、十畳ほどの客座敷だった。濡れ縁の先の板塀で囲んだ狭い庭に、石灯籠がたち、一画に黄色とだいだい色のすみれが咲いていた。

おまさとお玉は斗右衛門と向き合い、左右には斗右衛門の主だった手下らが、みなむっつりとした顔つきで居並んでいる。

「わざわざのお招き、お礼を申します。わずかばかり名を知られましても、未だ半端な壺ふりでございますが、両国の縄張りを仕きり、天下の江戸の指折り数える親分さんのありがたいお志に沿えるよう、精一杯務めさせていただきます」

「頼もしいね。楽しみだねえ。そうだ、おまささんの評判はひとつ、間違いがあるぜ。おめえら、わかるかい」

斗右衛門は、左右に居並ぶ手下らへ、にやついた顔を向けた。

手下らはむっつりした顔つきに、かすかな戸惑いを浮かべた。

「いいかい。青紬のおまさは器量よしだ、いい女だという評判を聞いていた。それが間違いだと、本物のおまささんを目の前にしてわかったぜ。青紬のおまさは、ただの器量よし、ただのいい女じゃねえ。飛びきりの器量よし、飛びきりのいい女だってな。おめえらもそう思うだろう。あはは……」

斗右衛門は、自分の戯れ言を面白そうに笑い飛ばした。

手下らの間から、「へい」と言う声があがった。

むっつりした顔つきをゆるめ、隣とひそひそと小声を交わしたり、頷き合ったりする者らもいた。

お玉は黄色い歯を剝き出して笑っている斗右衛門を、不思議そうに見つめた。

すると、その顔つきに斗右衛門が気づいて、いっそうけたたましく笑ったから、お玉は吃驚した。

「おまささん、そのおちびさんは、おまささんの子かい」

「いいえ。そうじゃないんです。事情があって、ある人から頼まれましてね。柄じゃないんですが断れなくて、しばらく預かることになったんです」

おまさは受け流した。

「ほう、断れねえ事情があって、おまささんがその子を……」

斗右衛門は、押し潰しそうな目でお玉を見据えた。

「お玉と申します。お玉、親分さんにご挨拶しな」

「こんにちは、親分さん」

お玉が恐る恐るか細く言ったので、周りの手下らが噴き出した。

「ほう、賢いおちびさんじゃねえか。おちびさんにしちゃあ、なかなかの器量よしだしな。あは」

斗右衛門はまた黄ばんだ杭のような歯を見せながら、おまさへ向きなおった。

「ところで、ゆっくりして長旅の疲れをとってくれと言いてえところだが、今晩、早速ひと働きしてもらえねえかい。あるお旗本の中間部屋で開かれている賭場があってね。そこの殿さまが、青紬のおまさの評判を聞いていて、おまささんが江戸にきたらすぐにお屋敷の賭場でと、前からの強いご意向だったのさ。だから今晩、殿さまの前でおまささんの腕前を披露してもらいてえんだ。殿さまがさぞかしお喜びになるだろうし、ご祝儀も少なくはねえ」

「承知いたしました。賭場が開かれているなら、いつでもどこへなりとも、おうかがいいたします。賭場があってこその壺ふり渡世ですから」

「早速の承知、礼を言うぜ。夜までにはまだときがある。それまでは旅支度を解いて、ゆっくりしていてくれ。おまささんの部屋は用意してある。自分の家と思って、くつろいでくれりゃあいい。おい、おめえら、おまささんを……」

「いいえ、親分さん。ご厚意はありがたいのですが、この渡世を始めましてから、どちらの親分さんの賭場で壺をふらせていただいても、宿は旅籠でと、決めております。大宮郷の又十郎親分さんにも、わがままを言って承知していただきました。そんなふうにやってきた、まあ、験かつぎみたいなもんです。わけがあってのことではなく、自分のやり方を変えたくないだけなんで、何とぞお気を悪くなさいませんように、お願いいたします」

「うん、旅籠を？　そうかい。おちびさんも、そうするかい」

斗右衛門はわざとらしく眉をひそめてお玉を睨み、お玉を恐がらせた。

「あはは、そうかい。おまささんの好きにしてくれて、おれはかまわねえ。宿は馬喰町の初音屋がいいだろう。部屋から初音の馬場が見える。馬喰町の旅人宿じゃあ一番広くて綺麗だ。おちびさんにもいいだろう。そこの亭主とは馴染みなんだ。ただ、おまささん、宿代はいっさいこちらに任せてもらわなきゃあな。そこはおれの顔をたててもらうぜ。いいな」

「お心遣い、ありがとうございます」

おまさが言って頭をさげると、お玉も真似て、

「ありがとうございます。親分さん」

と、ませた口調で言い、手下らが噴き出し、斗右衛門が高笑いをした。

四半刻後、西の空に夕焼が燃えるころ、おまさとお玉は、馬喰町二丁目の附木店の往来から大通りに出る横町を通りかかった。

横町の先の大通りに、沢山の人や馬がゆき交っている。

横町の角で、お玉は子猫を見つけ、子猫に気をとられておまさから遅れた。お玉はおまさから遅れたことに気づき、うろうろして通りを見廻した。

通りの先に立ち止まったおまさが、呼びかけた。

「お玉、こっちだよ」

「おまさちゃん」

お玉はおまさに駆け寄り、おまさの白く長い指の手をとった。おまさの青紬とお玉の赤い袖なしが、夕焼の空に映えていた。

横町の通りかかりが旅姿の母と子らしき二人連れへ、ほう、というような眼差しを投げてゆく。

その通りかかりの中に、薄鼠地に渋茶の棒縞（ぼうじま）の羽織と紺袴（こんばかま）の侍がいた。

侍は菅笠をかぶっていて、降りかかる夕日をさえぎる菅笠の下から、穏やかな顔をお玉のほうへ向けていた。

侍の草履（ぞうり）が、のんびりとした音をたてていた。

お玉はそれがなんだかおかしくて、ゆき違うとき、侍へ笑いかけた。

すると侍もお玉へ微笑みかえした。

そこでおまさが気づき、伏せがちな目を侍へ向けた。夕日の下で侍が微笑んでいるのがわかり、おまさも誘われたようについ微笑んだ。

三

旅人宿・初音屋の二階部屋の出格子窓から、日が陰って濃い灰色になずんだ初音の馬場が見おろせた。

郡代屋敷の物見の櫓が、星のまたたき始めた宵の空に黒い影を描いていた。

馬場の馬小屋の、藁の匂いがほのかに漂ってくる。

斗右衛門の迎えがくるのは五ツ前で、それまでにおまさはお玉と宿の湯に入って旅の汚れを落とした。

それからお玉に夕ご飯を食べさせ、その一方で身支度をし、化粧もなおした。

「わたしは仕事だからね。戻りは遅くなるので、先に寝ていなさい。ひとりで寂しくても、我慢するんだよ」

うん、とお玉はけな気に頷いた。

夜の五ツ前、斗右衛門の手下が迎えにきた。お玉は階段下の店の間まできて、

「おまさちゃん、いってらっしゃい」

と見送った。

おまさが出かけると、お玉はとても心細かった。けれど、我慢するんだよ、とおまさに言われたから我慢した。

二階の部屋に戻り、出格子窓の前にちょこなんと坐って夜空を見あげた。

町の明かりと星空が、窓の外に広がっていた。

父ちゃんと母ちゃんがいなくても、恐くはなかったし、もう悲しくも寂しくもなかった。ただ、父ちゃんと母ちゃんが堪らなく恋しかった。

我慢していたけれど、やっぱり泣いた。

お玉は窓の敷居に両肘を乗せ、お志麻ちゃんに習ったおつづら馬を口ずさんだ。

「さても見事なおつづら馬よ。下にゃ氈しき小姓衆をのせて……」

お玉は綺麗な星空を見あげ、「さても見事な」と始めから繰りかえした。

その中間部屋の盆茣蓙は、大博奕の通し盆である。布団を敷き並べ、木綿布を覆って所どころを鋲で止めてある。

盆茣蓙の周りにたて廻した蠟燭の火が、中間部屋に満ちる享楽と欲望を明々と照らしている。

客の張子は、身なりのいい町家の旦那衆に武家、大家の奥に仕える奥女中ふうの姿もまじっていた。

柄の悪そうな三下や無頼な博徒、渡世人ふうの姿はなかった。

みな裕福な様子の上客の張子ばかりで、それぞれ駒札を傍らにおき、盆茣蓙を挟んで丁座半座ほぼ同数に分かれて二十人以上が居並んでいた。

周りについた手下らが、客の案内や賭場の見張りや博奕の進行の世話をする。

この賭場の貸元である斗右衛門は、丁座の中央の座を占め、斗右衛門と相対して半座に中盆。中盆の隣に壺ふりのおまさが坐っている。

おまさの髪は、玉結びを頭上へ巻きあげ、真鍮で拵えた朱色の笄を挿してしっかりと止めていた。髪を巻きあげたあとの長いうなじに、おくれ毛が薄らとした影を落としている。

すでに、上は青紬と下着をともに諸肌脱ぎになっていた。

壺ふりは、いかさまがないことを示すため、盆茣蓙では肌脱ぎになるのが決まりである。

首筋からなだらかにくだる肩と、白い帯のようにのびた両の腕から指先、そして晒をきゅっと締めつけた胸元まで、染みひとつない白磁の光沢にくるまれたおまさの上半身を、蠟燭の火が妖しく照らしている。

はずした両袖を唐織の昼夜帯に挟んで端座し、膝の前の盆茣蓙には、底深の目籠に紙を貼り柿渋を引いた壺笊と鹿角の二個の半寸骰子が、義理と意気地の女俠客の面目を飾るかのようにおかれてある。

斗右衛門は盆茣蓙の客を見廻し、風貌に似合わぬ甲高く柔和な声を出した。

「みなさん、今晩はようおいでくださいやした。人の一生は儚ねえが、眠れぬ春のひと夜を、たった二個の骰子の気まぐれな出目に身をゆだねるのも一興というものでございやす。それに今晩は、特別の趣向を凝らしておりやす。こちらに控えやす壺ふり役は、みなさんもすでにご承知の……」

斗右衛門はおまさへ手をかざし、ひと際異彩を放つおまさを客に披露した。

「八州の博徒の間では、青紬のおまさの名を知らぬ者はおりやせん」

と、斗右衛門の口上が続く間、張子の目はすべて、初めて見るおまさの艶姿に引きつけられていた。これが噂の女壺ふり《青紬のおまさ》かと。

口上が終わると、斗右衛門が言った。

「おまささん、支度はいいかい」

「いつでも」

おまさは、凛とした相貌を微動だにさせず、静かにこたえた。

「料理も隣の部屋に、たっぷり用意しておりやす。どうぞごゆっくり、心ゆくまでお楽しみくだせえ」

それから、斗右衛門は座をはずした。中盆が丁座の斗右衛門の座へ着きなおし、おまさは半座の中盆の座へ移った。中盆とおまさが丁座半座に相対し、

「張子のみなさん、よろしくお願いいたします」

おまさは、左手に壺笊をとり右の指に二個の骰子を挟んで、左右の張子へ向けてかざし、正面に戻してひと声を冷たく発した。

「入ります」

壺笊に骰子が投げ入れられた。

ばら、と骰子が壺笊の中でくすんだ音をたて、蠟燭の火に照らされたおまさの

白磁の手が宙を躍り、華麗に舞った途端、壺笊は盆茣蓙へ鮮やかに舞い降りた。

おまさはそれを丁座半座の真ん中へすべらせた。

さあ、張った張った……

と、中盆が丁半競り合わせ、勝負が始まるのだった。

張子の駒札が乾いた音をたて、「丁」「半」の声が飛び交うと、中間部屋の賭場は急に緊迫が高まり、たちまち熱気が漲り始めた。

「半ないか、半ないか……」

中盆が丁座と半座の賭けた額を同じにするため、張子を促した。

その間、おまさは動かない。

端座した膝の上に長い指をそろえておき、目を壺笊と骰子へ落とし、沈黙の殻に閉じこもっている。

ただ、おまさの肩や胸や腕の艶やかな白い肌がうっすらとした朱に染まり始めると、張子らは、一瞬、息を呑んで紅潮するおまさの素肌に惚れた。

「丁半そろいました」

中盆が盆茣蓙を見廻し、「勝負っ」とおまさに命じる。

かすかな朱色を帯びた白く長い両腕を差しのべ、玉結びの髪に挿した真鍮の笄(こうがい)がゆれた。

そして素早く壺笊を引いた。

二個の気まぐれな骰子だけが、白い盆茣蓙に残った。

丁半の出目は、九半十二丁と言われる偶数の丁が十二通り、奇数の半が九通りである。

「五二の半」

中盆が冷ややかな語調を響かせた。

丁座半座双方の緊迫がはじけ、「おお」と喚声とどよめきが起こった。からからと、駒札のやりとりが行われた。

このとき、張子は駒札にいっさい手を出してはならない。

駒札のやりとりは中盆の指図を受けて周りの手下らがやる。

寺銭(てらせん)は、勝った側からその都度徴収する。

賭銭の四分、五分、六分、あるいは一割まであるが、相場は五分である。

桜木屋敷中間部屋の賭場は、江戸市中のひとにぎりの裕福な町人やお歴々の上客に限られているため、寺銭は高額な一割である。すべて、貸元の親分がとる。ただし、そのうちの半分が桜木家に入り、桜木家のほうは用人の桑原久三がそれをとり仕きっている。

中盆、壺ふりを含めて手下らには、その日にとり決める目が出たときに徴収する寺銭のみが、給料に与えられる決まりである。

むろん、客が壺ふりや中盆に与える祝儀は別である。

大博奕が始まって二刻後の真夜中の九ツ、四半刻ほどの休憩を挟んだ。

「おまささん、殿さまがおまささんに、ぜひ一杯とらせてえと仰るんだ。ちょっとの間、本家のほうに顔を出してもらえねえか」

斗右衛門が、中間部屋の隅で化粧をなおしているおまさに話しかけてきた。

「お庭先へ廻るんですか」

「そうじゃねえ。殿さまはいつも遅くまで御酒を召しあがる。気が向くときは、八ツや明け方の七ツまでということも珍しくねえ。八州で名の知られた青紬のおまさに、よくきてくれたと、礼を言いてえと仰っているんだ。お部屋へおうかがいし、殿さまのお相手をするんだ。ひとつ頼むぜ」

「お断りできませんか。わたしみたいな渡世の者が本家のお部屋へおうかがいするなんて、身分違いじゃありませんか」

「殿さまはな、身分違いやら渡世のことやらにはこだわらねえ、気性の大らかな、気さくなお方なんだ。身分や渡世にかかわりなく、力のある者をお認めになる開けた考えの殿さまなのさ。ちょいとの間、壺ふりは別の者に変わらせるから、おまささん、頼むぜ。心配は要らねえ。長くはかからねえ」

斗右衛門に言われては、仕方がなかった。

「そうですか。こんな格好で、いいんですか」

諸肌脱ぎではないが、前襟がくつろげ、少ししどけなくなっている。

「おまささんの青紬のその婀娜な姿が、いいんじゃねえか。殿さまにお喜びいただけりゃあ、おれもおまささんにきてもらった甲斐があるってもんだ。間違えなく、ご祝儀がたっぷりいただけるぜ」

おまさは部屋の隅で斗右衛門に背を向け、昼夜帯をゆるめて着物をなおした。

帯を背中で、引き結びにしていると、界隈のどこかで、犬の不審そうに吠える声が起こった。

　すると、それに呼応するかのように、町内の別の方角より遠吠えが寂しげに始まり、遠吠えが谺(こだま)のように四方へ伝播(でんぱ)していった。

　そのとき、夜も更(ふ)けて静まりかえっていた屋敷内のすぐ近くで、悲痛な慟哭(どうこく)のような長吠えが、突然、沸(わ)きあがった。

　長吠えは一度では済まず、二度、三度と邸内の静寂を無慈悲に引き裂いた。

「金吾の遠吠えは腹に応(こた)えますよ。でかいですからね」

「まったく、あのでかい金吾に追いかけられちゃあ、子供らはさぞかし怖かったでしょう」

「はいはい、例の一件ですね。殿さまもひと言詫(わ)びてやれば、裏店の者らは収まるのですがね。本来は、桑原さまがご忠告申しあげるべきなんですがね」

　張子の町人らが、料理をつまんで酒を呑みながら言い交わしていた。

　斗右衛門がおまさの後ろで腕組みをして坐り、支度が済むのを待っている。おまさは斗右衛門へふり向き、帯をきゅっと絞りながら訊いた。

「お屋敷では犬が飼われているんですか」

「うるせえことだな。金吾という名の秋田犬を、殿さまがお飼いになっていらっしゃるのさ。あんなふうにときどき遠吠えをやって、形がでけえから声もでけえ。若松町界隈じゃあ、桜木家はお犬屋敷とも呼ばれている」

「お犬屋敷？」

　おまさは手を止め、質した。

「ああ。殿さまは滅法犬好きだからね。倅のように可愛がって、金吾はわがままのし放題よ。金吾を連れて町内を歩きゃあ、みな恐がって近づかねえ。殿さまはお人の悪いところがあって、町民を恐がらせて面白がっていらっしゃる。だから、お犬屋敷の評判はあまり芳しくねえんだ。むろん、由緒ある桜木家のご当主だから、普段はちゃんとしていらっしゃるんだが、金吾のことになるとな、周りが見えなくなっちまうんだよ」

　斗右衛門はささやき声になり、それを甲高い笑い声にまぎらわせた。

「おまささんは、犬が好きかね。それとも苦手かい」

「別に、どちらでも……」

　おまさはかえしながら、もしや、と腹の中で思った。

　お玉がとろろ飯を食べながら、《お犬屋敷》と言った。

お玉を泣かした昼間のやりとりが、またちくりと胸を刺した。

若松町から二、三町西に浜町河岸がある。浜町堀の対岸に高砂町の土手蔵が黒い影を並べている。その浜町堀に架かる高砂橋の橋詰に、風鈴蕎麦の屋台が小さな明かりを灯していた。土手の柳の木が屋台の明かりに照らされ、幽霊のような影を河岸通りに落としていた。

風鈴蕎麦の屋台に、着流しに羽織姿の身形のいい町人風体の客がいた。客は湯気のたつ碗を持ちあげ、蕎麦をすすっていた。

「よう、どうだった」

その背後に二つの影が忍び寄り、影のひとつが言った。

客はふり向きもせず、「うん」と、蕎麦をすすりつつ気のない返事をした。

雪駄がだらしなく鳴って、二つの影は屋台に吊るした掛行灯の明かりの中に姿を現した。

ひとりは白衣の着流しと黒羽織の町方同心の定服を、中背に小太りの体軀にまとっていた。もうひとりは町方に従う手先らしき、大柄に着けた着物の裾を尻端折りにして黒の股引の扮装だった。

町方と手先は先客を挟んで屋台に向かい、「あられを二つ頼むぜ」と町方のほうが蕎麦屋に言った。

「へい、あられをお二つ」

と、蕎麦を蒸す湯気の中で蕎麦屋が繰りかえした。

「だから、どうだったんだ」

町方は、腰に差した二刀の柄と朱房の十手に両手をだらりと重ね、物憂げに雪駄を夜道にこすった。

「青紬のおまさを、知ってますか」

蕎麦をすりながら、先客が訊きかえした。

「噂を聞いたことはある。数年前から、八州で名が売れ始めた女壺ふりだ。器量がいいので八州の貸元から、引きもきらずお呼びがかかるとか」

町方はひと息をおいて言った。

「それじゃあ何かい。女は青紬のおまさだってえのかい」

「そう。貸元の斗右衛門が口上で得意げに、青紬のおまさの名を、八州の博徒の間では知らぬ者はいないと言ってましたよ」

「ふうん。青紬のおまさか。噂どおりの器量よしだったかい」

「そりゃあもう。諸肌脱ぎになった肌が染みひとつない真っ白でね。長い腕をひるがえすように舞わせて、壺をふるんですよ。ふるいつきたくなるようないい女でした。客はみな昂ぶって、景気よく駒札を張ってましたね」

「おめえも昂ぶったかい」

「おまさの壺ふりを見りゃあ、誰だって昂ぶって熱くなりますよ。造六さん、あんたもそうだろう。だから子供をとり逃したんだろう」

「いや、あっしは。うす暗かったし……」

先客に言われ、造六と呼ばれた手先は言葉を濁した。

「じゃあ、造六さんは、おまさの顔をちゃんと知らないのかい」

「青梅宿からずっとつけてきたんだ。知ってますよ。けど、あっしはがきのほうに気をつけておりやしたから、おまさの器量がどうのこうのなんぞ、気にしていられなかったんでさ」

「充助とおまさは青梅宿で落ち合った。これは間違いありませんね。二人は仲間だったから、おまさは子供にあんなにかかわり合うんでしょう。ゆきずりの他人の子供だったら、ここまでするはずがありませんから」

「そうと限ったわけじゃねえが、おまさが仲間だとしたら、充助とはどういうかかわりだ。造六、青紬のおまさの素性を洗ってみろ。充助の腹を探る鍵が、なんぞ見つかるかもしれねえ」

「承知しやした」

「ちょっとは役にたってくださいよ。造六さん」

「なんでい、その言い方は。気に入らねえな」

造六が先客に目を剝き、低い声で凄んだ。

「つまらねえ言い合いは、やめろ」

町方が咎めたところへ、「へい、お待ちどおさんで」と、蕎麦屋があられ蕎麦の碗を差し出した。

町方と造六は碗をとって蕎麦をすすり始め、湯気が二人の顔をふわりと包んだ。

「旦那、おまさが斗右衛門の客なら、おまさとがきに手を出すのはむずかしいですぜ。下手なことをしたら、斗右衛門とこじれることになりやせんか」

蕎麦屋が屋台の陰に消えてから、造六が声をひそめて言った。

「やらなきゃならねえときは、斗右衛門とこじれてもやるさ。覚悟しとけよ」

「へえ、そりゃあもう。それと、青梅宿じゃ青紬のおまさとは思いもしねえから、油断してどじを踏みやしたが、あの女、どこで腕を磨きやがったのか、見かけによらずすばしっこいですぜ。油断ならねえ」

「だからおまさの素性を探るのさ。深川の悪のおめえら三人が痛い目に合わされ、常吉と俊太はお陀仏ときた。簡単な相手とは思っちゃいねえ。だが、自分の物はとり戻さなきゃあな。邪魔するやつは容赦しねえ」

「ふん、所詮、壺ふり渡世の卑しい女やくざじゃないですか。高が女一匹に、大の男が三人もかかってだらしのない話ですねえ」

先客が造六へ、嫌みたっぷりに言った。

「ちぇ、言わせておけば。じゃあ、あんたがやりゃあよかったじゃねえか。元々の話が、充助にしてやられたのはあんたの落ち度だ。あんたがだらしねえからこんな事になったんじゃねえのかい。こっちは、あんたの尻ぬぐいをやってるんだぜ」

「尻ぬぐいになってないから言ってるんだよ。中途半端な男だねえ」

「あんたこそ、てめえの尻の穴ぐらい、てめえで拭いたらどうだい」

「頭を使うのがこっちの仕事さ。造六さんじゃ、頭を使えたって使えないだろう」

「くそ、我慢ならねえ」

言いかけた造六を、「やめろっ」と町方が止めた。

二人の喧嘩腰のやりとりは、声を抑えていても蕎麦屋に聞こえた。

「へえ、何ですか」

と、屋台の陰から顔をのぞかせた。

「いいんだ、いいんだ」

町方は箸をにぎったまま、蕎麦屋に手をひらひらさせた。

「二人ともいい加減にしねえか」

するとそのとき、町方の一喝を合図にしたかのように、四方より次々と起こる犬の遠吠えが、春の夜の星空に響きわたった。

四

翌日は、曇り空の広がるはっきりしない天気になった。

九十郎は柘榴口(ざくろぐち)をくぐり、洗い場で陸湯(おかゆ)をかぶった。

脱衣場へ出て下帯と浴衣(ゆかた)を着けていると、藤五郎がそっとそばへ近づいてきて、小声をかけた。

「旦那、桜木家の一件はいかがでした」

「ああ。上で話す」

「さいですか。じゃ、上で……」

と、藤五郎は脱衣場の天井を見あげた。男湯の脱衣場の階段をあがった二階座敷が、休憩部屋である。

「それと、橘(たちばな)さんがお待ちですぜ」

天井から九十郎へ目を移して言った。

「橘? 御番所の橘か」

「うちに見えるのは初めてです。与力の橘さんですよ」

「橘が、なんぞ御用かな」

「旦那にお話があるんでしょう。けど、着流しに羽織で、八丁堀からわざわざだそうですから、御番所の御用じゃなさそうです」

「八丁堀からか」

九十郎は浴衣の帯を締め、いつものように休憩部屋へあがった。

階段をのぼったところに下足箱と衣裳戸棚があって、九十郎の刀はその衣裳戸棚に預けてある。

朝の四ツが近い。

はっきりしない天気が出格子窓の障子戸を曇らせ、休憩部屋はほの暗かった。

客は少なく、町内の顔見知りの隠居ばかりである。

下帯ひとつの隠居同士で囲碁を打っている。違うところでは、浴衣姿が将棋を指している。諸肌脱ぎの背中に灸の跡がみえる隠居を交えた三人が、嫁や倅の愚痴話か自慢話を交わしている。

茶酌み女のお民は、階段の手摺わきの竃のそばで絵草紙をめくっている。

「お民、茶と菓子をくれ」

九十郎が煙草盆をとって言った。

「へえい」

お民は、よく太ってぽっちゃりとした顔に愛嬌のある笑みを九十郎に向けた。

南向きとお兼新道側の西向きに近い一角へのんびりと向かうと、隠居らが、

「よう、先生」とか、「どうも、先生」とか声をかけてくる。

隠居らは九十郎より年上もいれば、中には四十代の存外若いのもいて、九十郎は一々会釈し、声をかえしてゆく。

浴衣を着けた橘左近が、九十郎のいつも座を占める一角に、広い背中をこちらへ向け、手枕で横たわっていた。

橘のそばの、南向きの出格子窓の壁を背に片膝を立てて胡坐をかいた。

出格子窓にたてた障子戸を少し開けた。

戸の隙間から、南側の小路とお兼新道の角に長兵衛の髪結床が見える。

煙草入れの煙管をとり出し、刻みをつめ、煙草盆の火種の火をつけた。ひと息吸って煙を吐いた。たちのぼる薄い煙が外へ流れてゆく。

橘の心地よさそうな小さな鼾が聞こえた。

もうひと息吸ったところへ、お民が畳をゆらして茶と菓子を運んできた。皿には白い粉をまぶした大福が乗っている。お民のゆらす畳に目覚めた橘が、窓ぎわの九十郎を見あげ、

「おっと」

と素早く身を起こし、浴衣の裾をなおしつつ胡坐になった。

「横になっていたら、気持ちがよくて、つい、うたた寝をしてしまった。九十九がくるのを、待っていたのだ」

「うたた寝にしては鼾をかいていたがな」

九十郎は灰吹きに吸殻を落とした。

「鼾をかいていたか。そんなに寝た感じはせぬが。ひと眠りしてすっきりした」

橘は茶碗をむっちりとした指でつまみあげ、冷めた茶を飲んだ。

「大福を食うか」

橘の膝の前へ、皿をすべらせた。

「湯を浴びてここへあがってきたときに食ったが、遠慮なくいただく」

と、大福も同じように指先につまんだ。

「お民、こちらに茶のお代わりを頼む」

九十郎が竈のそばのお民を呼ぶと、三人組の隠居からも、「こっちにも、おぶうのお代わりだ」と、声がかかった。

「へえい」

お民は明るい声をふりまいた。

橘左近は、北町奉行所の年番方の与力である。

九十郎が目付配下の小人目付だった三十代のころに知り合い、以来、二十年以上のつき合いが続いている。

小人目付は、目付の指図を受けて旗本御家人の行状、町奉行所、牢屋敷（ろうやしき）、ときには諸大名や公儀幕閣すらの動静を監視しひそかに探る、隠密目付とも呼ばれる下級の役人である。

町奉行所と牢屋敷は、同じく目付配下の徒目付（かちめつけ）が監視の任にあたるが、小人目付にその任が命ぜられることもあった。

橘は九十郎より二つ下の、この春五十四歳になったはずである。

知り合ったころは、詮議役の与力だった。

九十郎ほどの背丈はないものの、肩幅の広い中背の分厚い胸を反らせた、腕っ節の強そうな風貌だった。

七年前、九十郎が小人目付を辞し、小柳町の裏店に移り住んで《仕舞屋》というもみ消し稼業を始めてから、橘の助力を陰に陽に受け、大いに助けられてきた。

二十数年がたって、身体つきはあのころよりだいぶ丸くなり、大福を美味そうに食う様子が、今の橘に似合っている。

九十郎はおかしくなり、つい笑みになった。

「橘がここへくるのは初めてだな。こういうところだと、いつも御番所で会う橘と違って見えるから不思議だ」

「そうか？　どう違って見える」

「御番所に勤める強面の与力には見えぬ。橘がこういう男だったのかと、今わかった。よく知っているつもりでも、人は謎だ。奥深い」

「奥深いとは、九十九らしい皮肉か。おれも歳だ。歳をとると人は謎めくのさ。だから年寄りは面倒くさがられる」

橘は破顔一笑し、お民が畳をゆらして運んできた新しい茶を含んだ。

「御番所は休みか」

「休みをとった。忙しくてしばらく休みがなかった。ちょうど手が空いた。ここへは、前からきてみたかった。いい機会だと思ってな。こういうところで、藤五郎ともみ消しの話をしているのか」

「こういうところだと、気楽でいい。裸でいても誰も変とは思わぬし、休憩代の八文で済んで、余計な金がかからぬ。何よりも、こういうところだと腹の中の本根が表われる。ときにはむき出しにもなる。もみ消しのかけ合いは、じつは本音のぶつかり合いだからな。隠し事は謎ではない。本音が謎であり、奥深いのだ。人の本音に触れ、なぜこの人が、と他人は不思議に思う。わからないものだ、と首をひねるのだ。だから橘を見て、与力も大福を食うのかと、わたしも驚いている」

二人でそろって噴き出した。

近くで将棋を指している隠居が、おや？　という顔つきを寄こした。

「からかうのはよせ。今日は、仕舞屋の九十九に仕事を頼みにきたのだ」

「そうか。御番所の休みをとって、というのは御用の筋ではないからだな。何か困ったことを抱えたのか」

「わたしの事ではない。言ってみれば、人助けに近い。恩着せがましい意味で言っているのではないぞ。ある知り合いから相談を受けた。御用の筋にできない、御用の筋にしてはならない相談だった。だからこれは、九十九に話を持っていくのがよかろうと考えた」

「それで八丁堀からわざわざか。じつは、わたしも今日、御番所を訪ねるつもりだった。また、橘の助けを借りたい事ができた」

「ほう。そっちは御用の筋か」

「半分は間違いなく御用の筋なのだが、あとの半分は橘の人としての裁量にかかっているというべきか……」

九十郎は言いながら、煙管に火をつけた。

「できぬ事はできぬと言う。できる事しかやらぬのだから、勿体ぶらずに言え」

煙管を吸い、煙を吹かした。

「中野村に犬屋敷があるな」

「ある」

「そこに、秋田犬を一頭、収容してくれぬか」

「秋田犬？　熊を追うまたぎ犬の秋田犬か」

「ふむ。大形のまたぎ犬だ。気性も激しそうだった。だが、凶暴な犬ではない。むしろ、主に忠実な、精悍で美しい毛並みの猟犬らしい猟犬に見えた。だが、肝心の主が愚かなら、主に忠実なまたぎ犬も愚かにふる舞わざるを得ない。優れた猟犬の気性の激しさや精悍さは、かえって仇になる。主を選べぬ犬が可哀想だ。よって、主が自分の愚かさに気づき、飼い主として心を改めるまで、犬を主から離してもらいたいのだ」

橘は首をかしげ、ひと呼吸おいた。

「もしかすると、その秋田犬の主は身分のある武家か」

「いかにもだ。秋田犬は襲ったのではないが、何かに驚いたか機嫌を損ねたかで、突然走り出し、町家の路地へ駆けこんだ。路地にいた幼い子供らが犬を恐れて逃げ廻りけがを負った。一旦暴れ出すと、大人でも手に負えぬ。子供らは大けがを負ったものの、命に別状はなかった。主が町民らに、飼い犬が子供らにけがを負わせたことをちゃんと詫び、相応の償い金で誠意を示せば、仕舞屋に用はなかった。ところが、愚かな主は相手を町民と侮って償おうとはせぬ。このままでは町民らの気が収まらぬ。そこでわたしがかけ合いを頼まれた」

「犬の所為で子供らがけがを負った事情が明らかなら、町民らは犬の飼い主をなぜ町奉行所に訴えぬ。町奉行所に訴え出るのが筋だろう」

「筋を言えばそうだ。しかし、筋を通しても身分の壁まで突き通るとは限らぬだろう。一件落着となって、それが町民らの気の収まる落着になるかどうかは別だ。むしろ、身分違いの相手に筋を通そうとして、町民らの言い分がとりあげられず、泣き寝入り同然の処置で終わることも、なきにしもあらずだ。身分の壁には、往々にしてそういうところがあると思わぬか」

橘は、ふうむ、と曖昧にうめいた。

九十郎は煙管に刻みをつめ、また火をつけた。

「九十九なら、身分の壁を突き通すことができるのか」

「突き通らぬなら乗り越えてもよいし、壁のどこかに隙間を探すのも手だ」

煙管を吹かし、ふうっ、と煙を吐いた。煙がのどかにたちのぼってゆく。

「やってみる値打ちはある。だめで元々。稼ぎにならぬだけだ。だから仕舞屋なのだ。筋は通らなくとも、狙いをはずさなければよかろう」

「もみ消し稼業の手を使って、もみ消しにはさせぬというわけか。わかった。詳しい事情を聞こう。話してくれ」

「いや、橘の話を先に聞きたい。仕舞屋を始めて七年、橘には借りばかり作ってきた。借りがひとつかえせると思うと気が急く。言ってくれ。何をすればいい」

「何を言う。わたしは九十九が小人目付だったころの借りをかえしている。この七年のつき合いを、借りと思われていてはかえって心苦しい。仕舞屋の礼金は、相談を受けた知り合いが払う。あくまで仕舞屋の仕事として、話を聞いてほしい」

「承知した。ちょうどいい。藤五郎がきた。仕事の話は藤五郎も必ず一緒に聞く。かまわぬな」

九十郎は灰吹きに雁首をあて、吸殻を落とした。

茶の着流しによろけ縞の羽織を着けた藤五郎が、小太りの身体を躍らせながら階段をあがってくるのが見えていた。

午前の四ツを四半刻ほど廻った刻限になっていた。

休憩部屋に浴衣姿の二人の隠居が新たにあがってきて、嫁や倅の愚痴話や自慢話に耽っていた三人の隠居らに加わった。隠居らの話し声や笑い声は、いっそう大きく賑やかになっていた。

碁を打ち将棋を指す隠居らの勝負は続き、お民が畳をゆらして茶碗や菓子の皿を運んでいる。障子戸を少し開けた出格子窓からお兼新道が見おろせ、

「しきみやぁ、線香」

と、売り声をまきながら樒と線香売りが通りすぎた。

「結木英之介は、表火之番組頭に就いている。市谷の火之番丁のうた坂をあがった坂上に屋敷がある。結木家は御家人だが、明暦のころより代々表火之番組頭役に就いてきた古い家柄だ。九十九は、結木家を知っているか」

「火之番組は同じ御目付さま配下だから、結木家の名は聞いている。ただし、表火之番組頭は殿中の御台所前廊下が席次ゆえ、小人目付ごとき軽輩は顔を合わす機会はほとんどないと言っていい」

「先代は結木克己。五年前、倅の英之介に家督を譲り、隠居になった。英之介は克己の番代わりで表火之番方に就き、一年前、組頭にのぼった。順当に結木家を継いだわけだ。じつは、結木家はわが妻の実家とは遠い縁戚にあたって、わたしも結木家の者とは、ちょっとした顔見知り程度のつき合いがあった。九十九に話したことはなかったな。隠していたのではない。話すほどのかかわりがないので話さなかった。それだけだ。悪く思うな」

「それしきのこと、気にするな。いいから続けろ」

「英之介はこの春、三十歳になった。未だ独り身だ。今年の秋に嫁とりの話が進んでいるようだがな。人柄も風貌も申し分ない。表火之番組頭の役目も粗漏なくこなしている。それほどの男が三十歳になるまで何ゆえ妻を娶らなかったかが、九十九に頼む仕事と多少かかわりがある。英之介の婚期が遅れたわけは、英之介本人の障りではなかった。おそらく、英之介の妹にあったのだろう」

　九十郎は、立てた膝にだらりと乗せた手で煙管をもてあそんでいた。煙管を指先で、くるり、くるり、と廻している。

「三歳下に、雅、という妹がいた。童女のころから雅を知っているが、周囲が目を瞠るほど愛くるしく、しかも頭の聡い子供で、克己夫婦にとっては、できのい い英之介ともども自慢の倅であり娘だった。雅は健やかに育ち、成長とともにいっそう美しさをまし、十三、四歳の年ごろには、火之番丁界隈の若い男らの間では、雅の器量の評判を知らぬ者のない娘になっていた」

　橘は、そこでひと息おいて言った。

「のみならず、雅は剣術ができた」

「剣術が？」

　と、黙りこんでいた藤五郎が顔をあげて訊きかえした。

「そうだ。女性の身を護るたしなみ、というほどではなかったらしい。稽古をつけた師匠を凌駕する使い手と、雅の腕を知る者は少なかったが、知る者の間ではそれも評判になっていたそうだ。英之介自身、自分も妹の雅には敵わなかった、と言っていた。父親の結木克己は、小太刀の達人でな。表火之番という代々殿中勤めの役目の家柄に相応しいようにと、小太刀の武芸を身につけ、いずれ火之番役に就く倅の英之介には、道場には通わせず自ら稽古をつけ、小太刀の武芸を仕こんだ。雅は幼いとき、英之介について小太刀の稽古を始め、稽古を続けて年月がたつうち、兄の英之介をしのぎ、のみならず、父親の師匠の克己すらを打ち負かす技量を身につけていったと聞いている」

「へえ。女の身で師匠のお父上を打ち負かしたんで」

藤五郎は、感心したふうな顔つきを頷かせた。

「十代の半ばをすぎるころには、細身ながら背丈は並みの男子ほどもあって、見目麗しき女性に育っていた。その麗しきうわべの奥に、恐るべき膂力と技をひそませていたというのだ」

「あの結木克己か」

九十郎が呟いた。

「今、思い出した。結木克己の評判は、聞いたことがある。小太刀の技芸に優れ、道場を開くほどの使い手ながら、役目以外の俗事にはかかわらず、謹厳実直な古武士のような男だと」

「道場を開かず門弟もいなかったが、結木克己に私淑し武芸指南を乞う者はいた。そういう者らの間で、雅の腕前は知れわたっていた。父親の克己は、雅が男子でないことを惜しみ、男子であればひと廉の武芸者として身をたてることもできたろうにと、言っていたそうだ」

「橘、もしかして雅は、病を得て亡くなったのではないか。確か七年前だ。結木克己の評判を聞く以外に結木家に娘がいたことさえ知らなかったゆえ、二十歳の娘が亡くなったと耳にして、年ごろのそういう娘がいたのか、気の毒なことだと思ったのを覚えている。ちょうどわたしが、小人目付を退く少し前だった」

「いかにも、雅だ。雅は二十歳で亡くなり、葬儀は身内の者だけで執り行った。わたしもわが妻も、葬儀には参列しなかった。あとになって知らせを受けた」

「三十歳になった結木英之介が未だ独り身のわけは、妹の雅にあるのなら、雅の病にわけがあるのか」

「そういうことではない。ここからは御用の筋にできない事柄ゆえ、二人ともそのつもりで聞いてくれ」

九十郎は煙管をもてあそび、藤五郎は頷いた。

「じつは、雅は病を得て亡くなったのではない。雅は亡くなってはいない。二十歳のとき、女の身ひとつで欠け落ちをしたのだ」

「女の身ひとつで？」

「雅の身にある出来事があった。どういう出来事かについては、わたしの口からは言えぬ。その出来事にかかわりのあるわずかな者だけしか知らぬ。それは訊かないでもらいたい」

「橘にもかかわりがあるのか」

「だからそれは訊いてくれるな」

「よかろう。続けろ」

「その出来事があって雅は欠け落ちし、江戸を去ったと思われる。結木克己は、雅が病により身まかった旨を支配役の御目付に届け出た。結木家の雅は、そのときから亡くなったことになった。だが、雅は生きている。英之介は数年前、男の旅人姿に拵えて八州を廻る女博徒の噂を聞いたことがあった。もしかして、それは雅ではないかと思った、と言っていた」

「ご、御家人の娘さんが欠け落ちして、女博徒になったんでやすか」

藤五郎が目を丸くした。

「もしかしてだ。定かにはわからない。半年ほど前の去年の秋から、英之介に家督を譲って隠居暮らしだった結木克己が、心の臓を患い寝たきりになっている。

克己の歳はわれらと大して変わらぬが、心の臓はだいぶ弱っていると医者の診(み)たてだ。英之介によれば、七年前に雅が欠け落ちしてから、克己の落胆は大きく、ずっと雅の身を気にかけていたようだ。謹厳実直な男だっただけに、心労がこたえたのかもしれぬ。むろん、雅はすでに亡くなったことになっているのだから、いっさい口にはせぬし、口にしてならぬことだが」

九十郎は煙管に刻みをつめた。橘は、九十郎が火皿に火をつけ、一服するのを待つために間をおいた。

「昨日の夕刻、英之介が奉行所に訪ねてきた。久しぶりに二人で酒を呑(の)んだ。酒の席で英之介が、雅が江戸に戻ってきている、と言ったのだ。昨日の朝、雅が火之番丁の屋敷をこっそり訪ねてきたそうだ。子供のころから結木家に奉公している下女を裏木戸から呼び出し、克己の容体を訊(たず)ねた。どうやら、旅の途中で父親が病に臥(ふ)せっていると聞いたらしい。下女はみなに会われてはとしきりに勧めたものの、それはできないと雅は頑(かたく)なに言い、逃げるように姿を消したということだ」

「じゃあやっぱり、男の旅人姿の拵えだったんで？」

「青紬の小袖に菅笠の、旅の女の風体だった」

九十郎は煙管をもう一服してから、うん、とわずかに首をひねった。

「英之介は、下女の話を父親の克己に伝えた。すると克己は、自分はもう長くはない、雅にひと言伝えたい事がある、雅を捜し出し連れてくるようにと、病の床で言った。それで英之介は、わたしに雅を見つける手だてはないかと相談にきた。九十九と藤五郎の仕舞屋の話をしてやったら、ぜひ仕舞屋に雅を捜し出してもらいたいと頼まれた。それでわたしがここにきたわけだ」

「なるほど。それで御用の筋にできねえわけですね」

ふんふん……

と、藤五郎が委細承知したふうに頷いた。

「青紬の旅の女の風体だけではわからん。雲をつかむような頼みだな」

九十郎が言うと、藤五郎はそれにも頷いた。

「雅と会った下女の話では、雅の容貌は変わりなかった。むしろ、凄みを添えてぞっとするぐらいに器量はあがっていたそうだ。ただ、武家でも町家でもなく、旅慣れた荒んだ暮らしぶりが感じられたとも言っていた。今ひとつ、四歳の童女を連れていたらしい。雅は旅の途中で知り合った夫婦の子と言っていたようだが、もしかしたら雅の子かもしれない。そうだったとしてもおかしくはない。童女の名前はお玉と言っていた」

「へえ。青紬を着けた子連れの旅の女ね」

藤五郎が言ったとき、「お玉」と、童女を呼ぶ声が九十郎の脳裡に甦(よみがえ)った。馬喰町の附木店の横町で、幼い童女の手を引く青紬の旅の女とゆき違った。美しい女だった。背丈は、と考えたとき、「あれか」と思わず声に出た。

「旦那、心あたりが？」

藤五郎が、役者が見えをきるみたいに目を剝(む)いた。

五

一日半がすぎた翌々日の昼さがり。

本所二つ目から北へとって、御竹蔵をすぎた南本所石原町(いしわらちょう)の碩雲寺(せきうんじ)の山門わきで、羅宇屋(ラオや)が商売道具を広げて客を待っていた。

鎮護山の扁額がかかっている山門を、とき折り参詣客がくぐってゆくが、門前の人通りはまばらで、石原町の表店ものどかな午後の気配に包まれていた。

客待ちをしている羅宇屋は、手持ち無沙汰の様子である。

そこへ、紺看板の背中に《と》の字を白く抜いた着流しの若い衆が、草履を餅搗きのように鳴らして山門から小走りに出てきた。

「おう、羅宇屋。こいつを頼むぜ」

若い衆は、太い長煙管を羅宇屋に差し出し、羅宇屋の前に両膝をだらりと抱えてかがみこんだ。

「へい。承知しやした。こりゃあ上等な煙管でやすね。お兄さんの煙管でごぜいやすか」

羅宇屋は若い衆の差し出した煙管を受けとって、つくづくと眺めて言った。

「おれのじゃねえよ。親分のさ。おれがこんな上等の煙管を使ったら、兄さんらに生意気だとどやされちまうぜ」

「親分さんの。どうりで。親分さんと言いやすと、両国と本所を縄張りにする大親分の斗右衛門さんでやすね」

「そうよ。両国と本所じゃあ泣く子も黙る斗右衛門親分よ」

若い衆は自慢げに言った。

「それじゃあ、今日はこちらで、親分さんのこれが、これで？」

羅宇屋が壺をふる仕種をして見せた。

「ふむ。今日は客が多い。だからここの庫裡を貸しきりで、特別にご開帳さ」

「そんなに盛況なんでやすか」

「盛況も盛況。大博奕の上をゆく大大博奕さ」

若い衆がひそひそ声になって言った。

「あっしもそんな大博奕を昼間からやってみてえが、貧乏暇なしでさあ。女房と子がおりやすんで、仕事ばかりでつまりませんね」

「女房と子がいるんじゃ仕方がねえだろう。分相応に暮らすのが身のためさ。ふふん、女房子供を泣かすようじゃ男がすたるぜ」

「大大博奕ってえのは、何かあるんでやすか」

「何かあるんですかって、おめえ、青紬のおまさって女壺ふりを知ってるかい。いつも目の覚めるような青紬を着けていてな。盆茣蓙の前で青紬を、するりと諸肌脱ぎになって壺をふるのさ。年増の脂の乗った真っ白な肌が、ふるいつきたくなるようないい女でよ。その青紬のおまさが、今まさにここの賭場で壺をふっている真っ最中さ。おまさが壺をふると、ぴんぞろの丁じゃなくても、骰子がぴんぴんしてるから驚くぜ。あはは……」

若い衆はあけすけに笑い飛ばした。

「女壺ふりの青紬のおまさの骰子がぴんと、でやすか。へえ、青紬のおまさの壺ふり目あてに、お客が押し寄せるんでやすね。歳は幾つなんでやすか」

「二十七って聞いた。年増の一番いいころ合いじゃねえか」

「確かに、二十七は年増のいい年ごろでやすね」

「だろう。八州の博奕打ちでおまさの名を知らねえ者はいねえ、と言うほど名の知られた女壺ふりだ。しかも、青紬のおまさは、壺ふりの鮮やかさ、器量のよさ、気風のよさ、だけじゃねえ。女だてらに、こっちのほうも相当な使い手だと言われているんだぜ」

「へえ、こっちって、これでやすか」

羅宇屋が煙管で剣術の真似をした。

「よせよ。親分の煙管で遊ぶんじゃねえ。さっさと仕事しろ」

「相すいやせん。すぐにかかりやす。で、女壺ふりがなんで剣術なんぞを？」

仕事にかかりながら、羅宇屋がなおも言った。

「だからな、青紬のおまさは元は、由緒あるお武家のお嬢さまだったのさ」

「お武家の生まれで。どちらのご家中なんで？」

「徳川さまか、そうでなかったら大家のお大名だ。貧乏大名じゃねえ。賭場の壺ふりでも品が違う」

「はあ、品がね」

「とに角だ。お武家のお嬢さまは子供のときから剣術を、みっちり仕こまれているのがあたり前だ。そんなお嬢さまに何があったか知らねえが、親兄弟を捨て、お家を捨て身分を捨て、女郎や旅芸人どころじゃねえ、八州を旅から旅の厳しい女渡世人になった。それが定めだったのさ。不憫(ふびん)だね。涙が出るぜ。青紬のおまさが女壺ふりになる前は、お武家育ちで仕こまれた剣術の腕を活かし、助っ人稼業で名を馳(は)せたというから、凄(すげ)えじゃねえか」

「助っ人稼業ってえと、長どすを手に出入りの喧嘩場(けんかば)で命を的にわたり合う、あの助っ人稼業でやすか」

「ほかに何かあるかい。ただし、おまさの得物は長どすじゃねえ。小太刀が滅法上手えときた。考えてみろよ。いくらお武家育ちでも女は女だ。女の身に長い得物はやっぱり重えから扱いが悪い。そこで小太刀さ。小太刀を軽々と操って、喧嘩相手を魚みてえに三枚におろしちまうのよ。しゅっしゅってな」

「魚みてえに、三枚に」

羅宇屋の手が止まり、しきりに感心した。すると、

「あはは……てな事を言いながら、おれが見たわけじゃねえ」

と、若い衆は愉快そうに言った。

「みんな兄きから聞いた話さ。嘘かまことか、おれは知らねえよ。けど、青紬のおまさの評判は本物だぜ。うちの親分の招きで、八州の旅廻りから四、五日前、江戸に着き、斗右衛門一家へ草鞋を脱いだってわけさ。当然、青紬のおまさが江戸にきていると、今、江戸中の貸元の間で評判になっているんだぜ」

羅宇屋はまた、へえ、と手を動かしながら感心して見せた。

「おっと、いけねえ。戻らなきゃあ。こんなところで油を売ってたら兄きにどや

されらあ。じゃあ、羅宇屋、頼んだぜ。あとでとりにくるからよ」

「兄さん、青紬のおまさのお宿はどちらなんでやすか。やっぱり、斗右衛門親分さんのお店にご逗留でやすかね。兄さんの話を聞いて、あっしも青紬のおまさをひと目、拝みたくなりやした」

「そうだろう。わけがあって、うちの親分の店に逗留はしていねえ。けど、宿は教えられねえな。あちこち言い触らされて、おめえらみてえなのが宿の前にいっぱい集まったら、青紬のおまさが迷惑すらあ」

と、若い衆ははじけるように笑って立ちあがった。

六

羅宇屋の久吉が、碩雲寺門前で訊きつけた青紬のおまさの噂を、お兼新道の湯屋の藤五郎に伝えた同じ日の宵の刻限である。

深川海辺大工町高橋組下組の船溜りに、船寄場から離れて浮かぶ一艘の屋根船の障子をたて廻した中で、北町奉行所風烈廻り方同心の柴六十次と伊勢町米問屋・神崎屋の番頭の雁助が、銘々膳を挟んで向き合っていた。

柴は四十代半ば、雁助はまだ四十前の二人である。

その船溜りは、深川霊岸寺の北にあって、小名木川から幅四間の入り堀へ分かれた先にある干鰯場である。銚子浜の干鰯が利根川と江戸川をへて、小名木川のこの干鰯場に運ばれ市がたつ。

里俗に《銚子場》と呼ばれ、東西南北に四角い周囲を、干鰯を運んでくる入船のための船寄場が囲っていて、市がたつときは船溜りに干鰯の臭いがあふれかえる。

東海辺大工町の町家と御家人屋敷や大名家の下屋敷の板塀や土塀が、船溜りを囲んでいる。

しかし、宵闇が迫る刻限に、干鰯の取引をする仲買人や人足らの姿や声はない。船着場に舫う船は息をひそめ、気だるい静けさと市の名残りのかすかな干鰯の臭気に包まれているばかりだった。

川遊びに利用する箱造日除船の屋根船は、この船溜りに似合わなかった。屋根船の周りの水面へ、行灯の明かりが落ちていた。

障子戸に柴六十次と雁助の影が映り、障子に映る影の酒を酌み交わす仕種が、傀儡のぎごちない動きのようにとき折り見てとれた。

頬かむりをした船頭が、艫に胡坐をかき、片膝を立てた棹を抱えた格好で煙管を吹かしている。

まだ寝静まる刻限ではないが、武家屋敷や町家の明かりがこの船溜りに届くことはなかった。

そこへ、入り堀から櫓を軋ませた猪牙が船溜りにすべりこんできた。

猪牙には、船頭と舳にひとりと胴船梁にひとりの男が乗り合わせ、舳の男の提げた提灯が、尻端折りに股引の三人の風体を薄ぼんやりと照らし出していた。

猪牙の船頭は櫓を棹に持ち替え、屋根船の船縁へ船を静かに寄せた。

二艘の船縁が触れて、ごとり、と宵の静寂の中に音をたてた。

「旦那、造六です。庄助もおりやす」

造六が屋根船に声をかけた。

障子戸が開き、黒羽織の柴と、羽二重の紺羽織を着けた身なりのいい雁助が、障子戸の間から顔をのぞかせた。

酒の匂いがふわりと流れ出し、船溜りの干鰯の臭いとまじり合った。

「待ってた」

柴が険しい顔を猪牙へ傾け、造六と舳の庄助へ顎をしゃくった。造六のほうは雁助へ、「先だっては」としぶしぶと言った。

「ああ、こっちこそ、言いすぎたよ」

雁助は造六へ一瞥を投げかえした。

「おめえら、つまんねえ言い合いをするんじゃねえぞ。いがみ合っている場合か」

柴が造六と雁助を眉をひそめて睨みつけた。そして、

「で、どうだった」

と造六に言った。

造六は頷き、「庄助、きてくれ」と舳の庄助を呼んだ。

「へい、旦那」

庄助は提灯の火を消し、胴船梁の造六の隣に並びかけた。

猪牙のさな（船底）に片膝づきにかがんで屋根船の小縁に手をかけた。

「青紬のおまさの素性が、だいたい知れやした。庄助、おめえが話せ」

「じゃ、あっしが」

庄助が柴を、上目遣いに見あげた。

「青紬のおまさは、江戸へくるまで秩父大宮郷の、貸元の又十郎一家に、先月の初めから草鞋を脱いでおりやした。両国の常湊いの斗右衛門が、又十郎一家に青紬のおまさが草鞋を脱いでいるのを聞きつけ、ぜひ江戸へ招きてえから頼んでくれと、又十郎に申し入れて、又十郎が口を利き、おまさが斗右衛門の招きに応じたと、斗右衛門の手下らは言っておりやす。青紬のおまさが、それ以外に江戸に何か用があったかどうかまでは、これまでのところはわかりやせん」

「大宮郷と言えば、充助の生まれが秩父大宮郷小鹿野村じゃないか。青紬のおまさが大宮郷の又十郎一家に草鞋を脱いでいたのは、充助と示し合わせていたからじゃないのかい」

と、雁助が横から言った。

造六と庄助は、はっきりしない顔つきになった。

「先を続けろ」

柴が促した。

「青紬のおまさの噂を聞き集めやすと、おまさはどうやら武家の生まれらしいと、それだけは誰もが口をそろえておりやした。ただ、武家の女だとしたら、どういうわけがあって、女だてらにねぐら定めぬ旅人渡世を始めたのか、武家と言っても、徳川さまのご家来衆かどっかのご家中なのか、生まれ育った国はどこか、おまさの詳しい素性が聞ける噂はありやせん。青紬のおまさの名が八州で噂になり出したのは、三年ばかり前からでやす。それ以前のおまさについては、はっきりした噂はありやせん。ただ、やくざ同士の出入り場の助っ人稼業で稼いでいたんじゃねえか、というまことしやかな噂が聞けやした。というのも、おまさとは違う名で、腕っ節が滅法強い女渡世人がいて、出入り場では、長どすじゃなく小太刀を得物にして男らとわたり合う凄腕らしい、そんな女渡世人が以前、やはり八州で知られていたそうでやす。じつはそれが青紬のおまさじゃねえか、という噂でやす」

「小太刀を使う凄腕の女助っ人が、女壺ふりになったってえのか」

「へえ、そうじゃねえかという噂でやす」

「噂だけかい。それじゃあ、青紬のおまさの素性は何もわかっちゃいねえじゃねえか」

柴が眉をしかめ、雁助は不機嫌そうな顔つきを隠さなかった。

庄助は造六へ見向き、造六は口を挟まず、いいから言え、というふうに骨太い顎（あご）をふった。

「いえ、噂だけじゃねえんで。造六親分の話じゃあ、あの日、おまさとお玉は新宿から四谷御門へ向かい、四谷御門を通らず、お濠端を市谷方面へとった。ところが、市谷御門をすぎたあたりで二人を見失ったということでやす。親分がちょいと目を離している隙に、たぶん、どっかの道を牛込の高台のほうへ折れたか、あるいは、市谷辺のどっかの店に消えた」

「だから、市谷か牛込のあたりに、充助が金を隠した場所があって、おまさはお玉を連れて、その隠し場所へ金をとりにいったんじゃないのかい」

雁助が苛（いら）だたしい口ぶりで言った。

「何度も言うが、それはねえ。二人が金を手に入れていたら、今ごろ江戸にいるわけがねえ。おれたちに追われていることはわかっているんだ。とっくに江戸を出て八州へ行方をくらましているはずさ。二人は金を手に入れてはいねえ。金は間違えなく、江戸にある」

柴が強い語調を雁助に投げた。

造六は、青梅から青紬を着けた旅の女とお玉の二人連れに、つかず離れず江戸までつけてきた。ところが、お濠端の市谷田町の往来で、小便をしている間に二人を見失った。

お濠端はほぼ真っすぐ牛込御門のほうへのびていた。

二人はこのままお濠端をゆき、どこかでお濠を渡って神田から浜町の東の若松町に向かう腹だろうと、狙いをつけていた。充助と女房のお紺と子供のお玉が暮らしていたのは、若松町の裏店だった。

この道なら、小便をする間ぐらい目を離しても見失うことはあるまいと思っていたのが、往来へ戻ってみると二人の姿が消えていたのだった。

周辺を探し廻っても、見つからず、仕方なく急いで若松町の裏店へ向かったが、二人が店に戻った気配はまったくなかった。

青梅宿で手下の常吉と俊太を失ったうえに、二人まで見失ったとなっては、とんだ失態である。

造六は博奕仲間の庄助を出入りしている深川の賭場から連れ出し、手間代を出すからと、若松町の店に青紬の女と子供が現れたらあとをつけろと頼んだ。

するとと、庄助から両国と本所を縄張りにする貸元の斗右衛門の店に、近々、八州の博奕打ちの間で《青紬のおまさ》と呼ばれている女壺ふりが草鞋を脱ぐらしいと聞かされ、するとあの女、青紬のおまさか、と驚いたのだった。

「でね……」

と、庄助は柴と雁助を交互に見つめて続けた。

「造六親分の話を聞いて、ふと、思いたったんですよ。市谷から牛込の高台にかけては、町家も散らばっておりやすが、旗本や御家人、組屋敷や大名屋敷の多い土地柄でやす。青紬のおまさが噂どおり武家の生まれで、その実家が牛込あたりの御家人か旗本だったとしたら、江戸に用ができた機会に、牛込の実家へ里帰りしたんじゃねえかとです」

「ふむ、考えられるな」

「でしょう。あそこら辺はどの辻番も組合辻番で、請け人が抱えている男らに六尺棒を持たせて番士につかしておりやすから、あっしらの顔見知りもけっこうおりやして、手間さえ惜しまなきゃあ話を訊くのはむずかしくねえ。で、昨日一日と今日の昼間にかけて、あっしと造六親分で、辻番の番士らに訊き廻ったんでやす。先だっての朝、これこれこうの相当の器量よしの青紬の女と三、四歳の赤い袖なしを着けたがきの、旅姿の二人連れを見かけなかったかってね。案の定……」

「見つかったのかい」

「見つかりやした。市谷田町から払方町へのぼる火之番丁の辻番が、その二人連れなら見かけたと、言っておりやした。菅笠で顔はわからないが、女は背が高く確かに着物の青色が目だった。火之番丁の辻番の前からうた坂へ折れてのぼっていったそうでやす。そこで、このあたりのお武家育ちで、何年か前に、わけありの欠け落ちをしたか、もしかしたら身持ちが悪く家を出されたかして、今は行方知れずになっている娘がいる噂のあるお屋敷を知らねえか。娘の歳は、今、生きていたら二十代の半ばすぎの年ごろで、娘の名前はおまさと聞いている。ただし、おまさは本名じゃねえかもしれねえ、と訊ねやした。すると、そこの辻番を十年以上続けている番士が、それはもしかしたら雅のことかもしれない、と言ったんです」

「まさ？」

柴が訊きかえした。

「火之番丁からうた坂へ折れた坂上に、代々表火之番組頭を継ぐ結木家のお屋敷があって、先代の結木克己には、今は番代わりした倅の英之介と、三つ下に雅という妹娘がおりやした。この雅が幼いころから界隈でも評判の器量よしで、成長するにつれてますます器量に磨きがかかり、十六、七歳の年ごろになった雅が辻番の前を通りかかるたび、番士は雅の品のいい美しさに見惚れたと言っておりやした。厳格な父親の克己も、さぞかし自慢の娘だったんでしょう。素養たしなみを身につけさせたうえに、武家の女らしく剣術の厳しい稽古もさせたそうです」

柴は腕組みをし、ふむ、とかすかにうなった。

「と言いやすのも、父親は表火之番組頭のお城勤めに相応しい小太刀の名手と評判をとっており、倅はむろんのこと、娘の雅にも小太刀の稽古をさせた。これが生まれつきの才があったらしく、雅はめきめきと腕をあげ、兄も雅にはかなわなくなっちまった。結木家の雅は父親譲りの小太刀の達人で、今にどこかのご家中の武芸指南役に就くとか、まさかと思うような噂もあったと言っておりやした」

「なるほど。そこで小太刀か」

それから柴は、庄助と造六へ杯をわたし、「まあ、呑め」と徳利を傾けた。二人は「畏れ入りやす」と生ぬるい酒を口に含み、猪牙の小縁に杯をおいた。

屋根船と猪牙は、船溜りの鏡のような水面に微動だにせず浮かんでいる。

「それから？」

「へい。ところが、雅が二十歳の春の初めでやした。雅は流行病に罹って、あっ気なく亡くなっちまったそうで。ある日、雅が亡くなった噂が町内に広まり、あまりに突然だったんで、番士は吃驚したと言っておりやした。本当か、病はなんだ、あれほどの娘が惜しいことだと、しばらく噂は町内に持ちきりでやした。雅の病死の届けが出され、葬儀が身内だけで行われたそうでやす。するとそのあとになって、じつは雅は病死ではなく、父親の手打ちに合った、また自害した、それを父親が病死と届けた、という噂が流れやしてね。さらにそのあと、雅は手打ちでも自害でも病死でもなく、こっそり江戸を欠け落ちし、本当は八州のどこかでまだ生きているんじゃねえかと新たな噂が聞こえて、妙な事になってきた、どれが本当の事なんだと、だいぶ長い間、いろいろとり沙汰(ざた)されたらしいんで」

「雅に何があったんだい」

「詳しい事はわかりやせん。なんでも雅の嫁入りにかかわる事で、何かがあったようでやす。厳格な父親の怒りを買うような、あるいは、由緒ある結木家に泥を塗るような事を、雅はやったのかもしれやせん。今から七年前、この春で足かけ八年目でやす。雅が生きてりゃあ、二十七歳でやす」

「旦那、青紬のおまさは、結木家の雅に違いありやせんぜ。青梅宿の宿でおまさは匕首(あいくち)一本でたち向かってきやがった。あの俊太が、おまさになす術(すべ)もなくきり刻まれて、悲鳴をあげておりやした。ありゃあ、化け物みてえな恐ろしい女だった。あっしひとりじゃ、とうていかなわねえ。逃げるしかなかった」

　造六が横から言った。

　柴は黙って小縁の杯に酒を満たした。

　しかし、雁助は不機嫌そうに目を向けて言った。

「それがなんだい。青紬のおまさが結木家の雅だろうとなかろうと、どうでもいいことじゃないか。肝心のおまさと充助のかかわりは、どうなったんだい。二人はどういうかかわりがあって、手を組んだんだい」

「それは、わかりやせん」

「それを探らなきゃあ、話にならないだろう。相変わらず、中途半端な仕事ぶりだね。造六さん」

造六は口を閉ざし、怒りを抑えていた。

庄助は、雁助を横目に見つめ黙っている。

「ただ、旦那」

と、造六は柴へ向きなおった。

「おまさと充助は、仲間じゃねえような気がするんです。たまたま、青梅の宿場で同じ宿に泊り合わせただけなんじゃ、ねえんですかね。ただ、がきを庇(かば)って刃向かってきやがっただけなんじゃあ……」

「そんなわけはないだろう。ただのゆきずりだったら、見知らぬ他人の子を庇ってそこまで身体を張るわけがないさ。なんの得にもならないのに、誰があぶない橋を渡るかね。そんな物好きは狂言だけの話で、本当はいないのさ」

雁助が刺々しく言った。

「そうとは限らねえんじゃあ。青紬のおまさの噂を訊き廻って思ったんですが、壺ふりが鮮やかだの、器量だの生まれだのの噂のほかに、義理と意気地を通し、任俠に生きる女渡世人という噂も存外聞けやした。そんな渡世人なら、案外、損得勘定抜きでそういうこともあり得るんじゃありやせんか」

造六は雁助に言いかえした。

「だったら、八百両近いわたしらの稼いだ金は一体どこへ消えたんだい。おまさが金のことを知らずにお玉の面倒を見ているだけなら、金はお玉が持っていると言うのかい。冗談じゃありませんよ。量目三匁五分の小判を七百数十枚、三貫目近くを四歳のがきが懐に隠して歩き廻っていると言う気ですか。できるわけがない。おまさはかかわりがない。がきは金を持っていない。となると、金の隠し場所は死んだ充助かお紺に訊くしかないわけだ。お笑草ですね。死人に口なしだ。つまり、肝心の金のありかが、金輪際わからなくなってしまったってことなんだからさ。なんてどじな話さ」

「あのときは、て、てっきり、充助が金を捨てにいったようなもんだと、思いこんでいたんで。それに、大人しくしてりゃあいいものを、道中差しをふり廻して逆らいやがったもんで」

「なんでもかんでも、逆らうやつは手あたり次第に殺しちまうんだね。よくそれで町方の手先が務まるもんだ」

雁助は我慢がならず、不満を吐き出すように言った。

造六は、先夜のようには言いかえさなかった。唇を歪めて顔をそむけ、隣で庄助が黙って目を伏せている。

「やめろ。またいがみ合う気か。今ここですぎたことを蒸しかえしても仕方がねえだろう。金は江戸にある。充助とお紺が持っていなきゃあ、江戸のどっかに隠してずらかったんだ。あとでてめえでとりにくるか、誰かにとりにこさせる腹だった。おれはやっぱり、その誰かはおまさしかいねえと思う。どういうかかわりかわからねえが、おまさと充助はきっとどっかにつながりがあったに違えねえ」

「旦那、どうするんです？」

雁助がしかめ面を柴へ向けた。

「造六、青梅の宿でおめえらが押しこんだとき、充助はお玉をひとりで部屋の窓から逃がしたと言ったな」

　柴は造六を横目に見おろした。

「へい。屋根伝いにおまさの部屋へ逃がしたみたいに見えやしたんで、だからあのときは、てっきりおまさが仲間だと……」

「仲間なのさ。四歳のお玉でも伝えられるような事を、おまさに伝えにいかせたんだ。おまさにはそれで金の隠し場所がわかる何かをだ。仕方がねえ。少々荒っぽい手を使うか。斗右衛門のほうにはあとで話をつける。お玉が何を伝えたか、埒が明かなきゃおまさにも問い質すしかねえ。二人ともかっさらってこい。庄助、まあこういう事情だ。おめえも手伝え。金になるぜ」

「へい。あっしにも手伝わせてくだせえ」

「それから造六、使える手下はもういねえだろう。助っ人を雇え。おまさ相手に、今度は縮尻るんじゃねえぞ」

「わかりやした。あと腐れのねえのを七、八人、使いやす」

　すると、雁助が柴に刺々しいまま言った。

「旦那、もしも金をとり戻せなきゃあ、以後は、この仕事をおろさせてもらいますからね。あぶない橋を渡ってこれじゃあ話になりませんし、仕事はちゃんとした相棒を選びませんとね」

「ふん、好きにしな。充助はとんだ見こみ違いだった。そういうこともある。ただな、覚えときな。この道をきた者に戻り道はねえ。このまま進むか、別の道を見つけるかだ。どっちにしても、おれたちの首が獄門台にのぼるときは、雁助、おめえの首も一緒だ。これだけは確かだぜ」

柴は宵の闇と静寂に包まれた船溜りに、ひそひそとした笑い声を、行灯(あんどん)のうす明かりのようにまき散らした。

其の三　望郷

一

大川に架かる両国橋を渡る人通りと両国広小路の賑わいが、両開きに開け放った飯屋の表戸から見わたせた。

おまさとお玉は、昼どきで店は混雑していたけれど、いい具合に店の間の衝立に隔てられた座につくことができた。

店の女が運んできた平折敷には、江鮒の塩焼きに蒟蒻のにしめ、大根の香の物、味噌汁に飯が並んでいた。

お玉は小さな手で飯の椀を持ちあげ、竹箸を懸命に動かしている。

「慌てなくていいんだよ。ゆっくりお食べ」

おまさが言うと、うん、とお玉は頷くが、食べることに夢中である。

おまさは、飯のほかに冷や酒を頼んでいた。

朝から、暖かい陽気になった。

お玉を連れ、両国広小路の見世物小屋を見物して廻った。

本当は、若松町の《お犬屋敷》と界隈で呼ばれている桜木家の近くへお玉を連れていき、お玉と両親が暮らしていた裏店を探すつもりだった。しかし、もういいよ。

と、おまさは思ったのだ。

初めは、両親と暮らしていた神田三河町まで連れていき、町役人にお玉を預けてやっかい払いをする気でいた。

初めの思わくと違って、仕方なくお玉の面倒を見ているうち、斗右衛門の仕事にきりがついたら、秩父の祖父母の元へお玉を自分が連れていってやろうと、このごろおまさは、そんな気になっていた。

おまさであっても家主であっても、お玉にとっては余所の人に変わりはない。

お玉が父母と暮らしていた裏店を探しあてたところで、お玉の幼い心に父母の死を思い出させ、いたずらに悲しませるだけだろう。

それに、ふと、お玉と別れるのが、寂しく感じられるときがあった。

お玉と一緒にいて、夜毎の賭場の荒々しい気分から解き放たれ、寂しさが癒された。くたびれて尖った気持ちが、なだめられた。

それなら、いっそのこと、祖父母の元へ連れていくまで面倒をみてやろう、とも考えた。

飯屋の外をゆき交う人波がつきなかった。

賑やかな両国広小路を朝から見物して廻り、春の終わりの陽気もあって、喉が渇いた。おまさは杯を舐め、冷や酒が身体に染みこんでいく心地よさを味わった。

「お玉、斗右衛門親分の仕事が済んだら、また旅に出るよ」

お玉の口の回りについた飯粒をとりながら言った。

「うん。いいよ。お玉も旅に出る」

「そうかい。お玉もいくかい」

「いくよ。ずっとおまさちゃんと一緒だもの」

「お玉は秩父のお祖父ちゃんとお祖母ちゃんの住んでいる村まで旅をして、そこで暮らすんだよ」

「おまさちゃんも、お祖父ちゃんとお祖母ちゃんの村で一緒に暮らすの？」

「わたしは旅を続けるんだよ。それが仕事だからね」

「お玉もいく。おまさちゃんとずっと一緒にいくよ」

お玉が無邪気に笑った。

「お玉は、お祖父ちゃんとお祖母ちゃんと暮らさないといけないのさ」

「ううん。おまさちゃんといくの。決めたの」

何言ってんのさ、と言いかけたが、おまさは口にしなかった。

つん、と澄ましたおまさの鼻に酒の香りと一緒に何かが突きあげた。

おやおや、こんな気持ちになるなんて、どうしちゃったんだろう。

と思う自分が、おまさはおかしかった。

四半刻（しはんとき）後、飯屋を出た。

広小路と馬喰町（ばくろちょう）の賑わいを抜けて、宿へ戻る小路へ折れた。

人通りのつきない大通りをひとつ折れただけで、町内は途端にひっそりとした午後ののどかさに包まれた。明るく白い日射しが小路に降っていた。

小路の途中に木戸があって、裏店へ入る路地がある。宿の初音屋は、木戸の前をすぎ、小路の先をひとつ曲がればあとは真っすぐである。

小路へ折れてから、宿への道順を思い出したお玉は、先に駆けていった。

途中の木戸の前へきて立ち止まり、おまさへふりかえった。

「おまさちゃん」

お玉は、早く、と手招きするように、いい気持ちになってゆっくりと歩むおまさへ手をかざした。

するとそこへ、縞の着流しを尻端折りにした男が、木戸からのそのそと出てきてお玉の傍らへ立ったのが見えた。やくざ者の風体だった。お玉が見あげた拍子に、男は両手で素早く抱きあげた。

「おめえ、お玉だな」

歯を剝き出してお玉へ笑いかけた。

お玉はきょとんとした顔つきをおまさへむけ、男もおまさへ不敵なにやにや顔を寄こした。そして言った。

青梅宿の旅籠でお玉の両親を襲い、お玉をさらいにきた大男といた男だった。

「あ、おまえ」

虚を突かれ、唖然としたその間だけ遅れた。

「おめえらに用がある。きな」

男は身をひるがえし、お玉を抱えたまま小路を駆け出した。

「おまさちゃん」

「お玉っ」

おまさは叫んで男のあとを追った。

そのとき、木戸から四、五人の男らがばらばらと走り出てきて、おまさのゆく手をはばんだ。

お玉を抱えた男が、小路の先の角を宿とは反対の方角へ曲がって消えていった。

「どけ」

叫んだ途端、背後から二人がおまさの両側へ身体ごとぶつかってきた。ひとりが左腕を押さえ、右からは首筋へ太い腕を廻し、喉に匕首を突きつけた。

「騒ぐんじゃねえ。用があるんだ。ついてこい」

と、臭い息を吐きかけた。

二人とも、背の高いおまさよりも大柄である。

ゆく手をはばんだ男らの中には、両刀を帯びた侍もまじっていた。

おまさは匕首を突きつけた男を、眉をひそめて睨んだ。

「そんな顔をすると、せっかくの器量よしが台なしだぜ」

無精髭の間から、男の黄ばんだ歯がのぞいた。おまさは、匕首を突きつける手首をつかんだ。長い指が、肉づきのいい手首をぐるりと巻いた。

「どうするつもりでえ」

男は女と見くびって、いっそう顔を寄せて笑った。

おまさは何も言わず、眉をひそませた般若のような顔つきを男へ向け、手首を巻きこむように絞りあげた。

凄まじい力で絞りあげられ、匕首がおまさの喉からゆっくりと離れた。

「あ痛たた」

慌てて、男が喚いた。

その眉間へ額を激しく打ち突けた。

顔面が鈍い音をたて、男は顔をのけぞらせた。

同時に、左腕をねじあげにかかる左の男の顎へ、強烈に肘を突きあげた。

男は「あう」とうめき、口の中で折れた歯が唇からこぼれた。

一旦折れた首が元へ戻ったところをもう一度突きあげ、今度は顎がえぐれた。

おまさの腕を放し、ふらりと後退った顔面へ手の甲をしたたかに見舞った。

男は大きく仰け反って路地の木戸にぶつかり、尻からくずれ落ちた。

すかさず、右の男の手首が軋るほどさらに絞りあげると、男は堪えきれずにおまさの首に巻きつけた腕を放し、喚きながら分厚い身体をねじって片膝をついた。

苦痛に顔をしかめ、おまさの腕や肩へ拳を見舞ったが、おまさは平然と、男の首筋へ赤い蹴出しの膝頭を押しつけ、片手一本でなおも手首を絞りあげた。

男は、おまさの膝頭に押さえつけられた首を仰け反らせ、猟師に捕獲された獣のように横転した。

腕が音をたてて軋み、悲鳴をあげた。

おまさは絞りあげた手から匕首をつかみとり、男を蹴り捨てて駆け出した。

しかしゆく手を、男らが立ちふさがりはばんでいる。ひとりの侍が刀の柄に手をかけて身がまえ、鯉口をきった。

「女、大人しくしろ」

と、凄んだ途端、瞬時もためらわず傍らをすり抜けていくおまさの匕首に、二の腕を裂かれていた。

侍は抜刀することさえできず、うめき声を発し、桶が転がるようにたちまち横転した。鮮血が、疵を押さえた指の間から見る見るあふれた。

ほかの男らは、おまさの手並みに呆然とした。

みなたじろぎ、おまさを追いかけなかった。

小路の騒ぎを聞きつけた路地の住人や小路の通りかかりが、周りを囲み始めていた。男らは、互いに顔を見合わせ、

「まずいぜ。引きあげだ。こ、こいつらを起こせ」

と、ひとりが戸惑いながら喚いた。

小路の角を曲がった途端、菅笠をかぶり、薄鼠色の地に渋茶の棒縞の羽織を着けた紺袴の背の高い侍が、赤い袖なしのお玉を左肩のあたりに片腕一本で抱き

あげ、往来に佇(たたず)んでいるのが見えた。

お玉をさらった青梅宿の旅籠で見た男の姿は、そこにはなかった。

「お玉……」

と咄嗟(とっさ)に呼んで、お玉の笑顔に安堵(あんど)を覚えた。

「おまさちゃん」

お玉がおまさに、手をかざした。

侍の隣に、これは渋茶の地によろけ縞の羽織に下は着流しの小太りの中背の男が並びかけて、おまさへ何か言いたげな目を向けていた。

「さあ、連れのお姉さんがきたぞ。もう大丈夫だ」

侍は、立ち止まっているおまさのほうへゆるやかに歩みつつ、穏やかな口ぶりでお玉に話しかけた。

お玉は、ずっと前から知っている人のように、うん、と侍へ頷いた。

侍がお玉をおろし、お玉はおまさのほうへ駆けてきて、膝にしがみついた。おまさが抱きあげると、お玉はおまさの首に両手を巻きつけてきた。

「ごめんね。恐(こわ)かったかい」

「ううん。あの人が助けてくれたから。悪い人を、懲らしめたの。悪い人は逃げていったんだよ」

「そうなのかい。あの人は、知らない人だね」

「うん。でも、前に道で遇った人だよ」

おまさは、侍と隣の男を見つめた。

菅笠の下の侍の風貌に気づき、「あら」とおまさは言った。

江戸へ出てきた最初の日、斗右衛門の店から馬喰町の旅籠へ向かう横町ですれ違った年配の侍だった。

お玉と侍が笑みを交わしていたので、おまさもつい笑いかけた。

あのときは、年配と言うより老侍に見えた。だが今、目の前にいる侍は、あのときとはまったく違う人のように感じられた。

「あやういところをお助けいただきました。ありがとうございます。わたくしはまさ、この子は玉と申します。何とぞ、お名前をお聞かせ願います。お礼をさせていただければ……」

「礼にはおよびません。手を貸そうと思いましたが、わたしごときが手出しするまでもありませんでしたし、お玉をとり戻すことが肝心でした。それにしても人並みではない腕前だった。素手で二人の男らをあっという間に倒された。驚きました。ああいうことに、だいぶ慣れておられるようですな」

そう語りかける侍の目が柔和だった。

おまさは、「いえ」と顔をそむけた。

「見事だったと言っておるのです。他意はありません。じつは、おまささんに用がありましてな。むろん、われらの風体をご覧になってお察しでしょうが、御用の筋ではありませんぞ」

「わたしに、ご用が？」

「さよう。わたしは九十九九十郎です。この者は……」

「へい。神田平永町で湯屋を営んでおります藤五郎でございます」

「わたしの相棒です。わたしと藤五郎は、仕舞屋というある稼業を営んでおり、仕舞屋が受けた仕事によってここにおるのです。つまり、偶然、わたしどもは居合わせたのではありません」

「仕舞屋、さん？」

「仕舞屋と名乗りましても、表店をかまえておるのではありません。世間には知られたくないもめ事やごたごたを抱えている方に代わって、もめ事やごたごたの相手とかけ合いをし、それが表沙汰にならぬよう収める稼業です。簡単に申しますと、もみ消し屋です。ですが、仕舞いをつけるのは、表沙汰にしたくないもめ事やごたごたのもみ消しだけではありません。頼まれれば、人捜し、伝言、何かの手伝いなどなど、表沙汰にせずよろず相談を請けております」

「表沙汰にせず……」

おまさの言葉が途ぎれた。物憂げに九十郎を見つめている。

「青紬のおまささんですな。八州の博徒なら青紬のおまさを知らぬ者はない女壺ふりと、名を馳せておられるとか。だが、七年前までおまささんは、牛込のうた坂に屋敷のある結木家の雅どの、でしたな。結木家は代々表火之番組頭を務めるお家柄で、今のご当主は雅どのの兄上の結木英之介どの。七年前は、先代の結木克己どのがご当主だった。すなわち、雅どののお父上です」

おまさは静かに、九十郎を質した。

「わたしの、何をご存じなのですか」

「雅どのが結木家から姿を消し、お父上がそれを病死ととどけられた。それから、雅どのが結木家を出られて足かけ八年目、博徒らにまじって壺ふりを生業にする青紬のおまさと名を馳せ、無頼な男らとわたりあう今のおまささんになられた。知っているのはそれだけです。念のため繰りかえしますが、ご禁制の賭場がどうの、女壺ふりがどうのという話ではありませんので」

顔をあげ、九十郎を見つめている。

「おまささん、委細は知らず、わたしは今、青紬のおまさの凄みに、呆気にとられております。ですが、おまささんが結木家を出られてからのあしかけ八年の歳月をどのようにすごされてきたのか、詮索するためにきたのではありません」

「もしかして、兄さんに頼まれたんですか」

「まあ、そうとも言えます。しかし、これでも仕事なのです。少しだけ、老いぼれの仕舞屋に、仕事の話をさせていただけませんか。仕事が済めば、速やかに退散致します」

九十郎はおまさとお玉へ笑みを投げた。

九十郎の笑みが、おまさの閉ざした心に隙間を開けた。その隙間から、悲しみと悔恨がこぼれた。おまさは、こみあげるものを抑えて言った。

「では、宿へおいでください。ご用をおうかがいいたします」

「畏れ入ります」

九十郎は菅笠に手をかけ、礼を言った。

二

二階の出格子窓から、初音の馬場が眺められた。馬場の外側を低い土塁が廻り、馬場の中にも設けた土塁の周囲を、編笠を着けた侍の一騎が、たてがみをなびかせ駆け廻っていた。

お玉は窓の敷居に両肘を乗せ、畳へちょこなんと坐って馬場を見やっていた。お玉のふり分け髪の上の、両開きにした障子戸の間に昼さがりの空と雲が見えている。宿の階下のほうより、客を迎える声がぽつぽつと聞こえてくる。

九十郎と後ろに藤五郎が着座し、おまさと向き合っていた。おまさのそばに茶碗と土瓶を乗せた盆が見え、三人の前にも茶碗がおいてある。

茶はぬるくなって、もう湯気はのぼっていない。

おまさは目を伏せ、青紬の膝の上で重ねた長い指の真っ白な手を、物思わしげにさすり合わせている。

九十郎は沈黙を守るおまさの様子をうかがいつつ、続けた。

「橘左近の妻女の里方は、結木家の親類筋だそうですな。橘はおまささんを、親類づき合い程度に存じておるような言い方をしておりました。それと、おまささんが結木家を出られた事情は知っておる口ぶりでした。それは訊くなと、言われましたがな。橘は町方与力のお役目ひと筋の男です。そういう言い方をするのは、あの男にしては珍しいことです」

目を伏せたおまさの長いまつ毛が、細かく震えている。

「しかし、そういう男だからこそ、英之介どのは、内々のこの役目を頼める信頼に足る者はいないかと、橘に相談なされたのでしょう。手前味噌を申しますと、橘の信頼に足る者として、わが仕舞屋に依頼が廻ってきたのです。こちらは仕事を請けるばかりですから、訊くなと言われれば訊かずともよいのです。ご一族の内情を何も知らぬかかわりのない者が口出しするのは、はばかられます。さりながら、ご一族の中にいるより、外にいるほうがよく見える場合もあります。かかわりのない者のほうが、かかわりのある方よりはっきりと言える事もあります」

九十郎は両膝に手をつき、幾ぶん身を乗り出した。

「うた坂のお屋敷へお父上に会いにいかれるのかいかれぬのか、おまささんの返事をいただきたいのです。いかれるのであれば、仕舞屋の仕事はこれで終わりますが、いかれぬのなら、いかれぬわけを、できる限りお聞かせ願いたいのです。そういう事情であったと、依頼人に伝えねばなりませんのです」

おまさの迷っている様子がうかがえた。まつ毛の長い伏せた目を、窓ぎわに坐っているお玉の後ろ姿へ向けた。

その眼差(まなざ)しを、窓の外の空へ飛びたつかのように投げたのがわかった。

お玉がふりかえり、おまさに微笑(ほほえ)みかけた。

お玉は窓ぎわから、おまさの隣へ駆け寄った。

おまさの身体へ凭(もた)れかかり、小さな両手でおまさの片腕を抱き締めた。

九十郎はお玉へ笑いかけた。

「お玉は、おまささんのお子ですか」

「いいえ。わけがあって、預かっているのです」

おまさはお玉を見おろしてこたえた。

「ほう、預かっておられる……お玉、父ちゃんと母ちゃんは、お玉と離ればなれになって、寂しがっているだろうな」

「ううん。父ちゃんと母ちゃんはもういないの。死んじゃったの。お玉はおまさちゃんと、ずっと一緒に旅をするの」

「死んだ？」

おまさへ向きなおった。

おまさは九十郎を見かえし、戸惑いを見せながら言った。

「青梅宿の旅籠に、お玉を連れた両親と偶然泊り合わせました。お玉の両親はその旅籠に押し入った追剥ぎに襲われましてね。宿場役人の見たてでは、両親は旅の途中で路銀狙いの追剥ぎに狙われ、旅籠までつけられて襲われたのではということでした。お玉がひとりでわたしの部屋へ逃げてきたんです。これも縁だと思いました。お玉を預かることにしたんです。江戸の用が済んだら、お玉を秩父の祖父母の村へ連れていくつもりです」

「それは奇特なことです。それにしても、旅籠にまで押し入るとは、相当な強引な追剝ぎですな」

おまさは黙然と頷いた。

そのとき、九十郎の脳裡に先ほどの男らのふる舞いが重なった。旅籠に押し入った追剝ぎと先ほどの男らのふる舞いにつながりがあるのかと、ふと、九十郎は思えたのだった。

「お玉の両親は、どういう者たちか、ご存じなのですか」

「偶然、青梅宿の同じ宿に泊り合わせただけです。言葉も交わしていません。両親とお玉の三人で江戸のどこかの裏店で暮らしていて、祖父母のいる秩父の村へ里帰りの途中だったようです。だけど、お玉には広い江戸のどこの町かわからないんです。たとえわかっても、お玉が戻れるわけではありませんし……」

「先ほどの男らは、ただの破落戸には見えなかったし、いたずら狙いでおまささんやお玉を襲ったふうにはみえませんでした。昼日中に人目もはばからず、男は幼いお玉を、無理やりさらっていこうとした。なんぞお玉に狙いがあるのか。狙いがあるなら、また先ほどの男らが現れるかもしれませんな」

「仕事のときはお玉をひとりにしないように、斗右衛門親分に頼んで若い衆をつけてもらうつもりです。それに江戸にはもう、長くはいませんから」

お玉がおまさを見あげて頷いた。

「おまささんは、先ほどの男らに心あたりはないのですか」

「何もありません。わたしにもよくわからないのです。本当に、何も知らないんです。でも……」

おまさは、しばし、言うのをためらった。わけありの気配は感じられた。それを人に話すことではないと、思いなおした素ぶりに見えた。九十郎も、これ以上口出しすることではないと、思い止まった。しかし、

「でも、お玉は両親を亡くしました。お玉に、親兄弟はいないんです。わたしと同じなんです」

と、おまさは自分に言い聞かせるように言った。

「あなたには、うた坂のお屋敷にご両親と兄上がおられる。みな、あなたに会うことを望んでおられるのでは、ありませんか」

「父や母や兄や、親類縁者にもわたしは許されない者です。父母や兄を疵(きず)つけ、

悲しませ、結木家に泥を塗った女です。わたしに戻る家はありません。父が病に臥せっていると知り、七年ぶりに江戸へ戻って、うた坂の屋敷を訪ねました。でもね、屋敷にはどうしても入れなかったんです。父母や兄が心では望んでくれたとしても、わたしが訪ねたら、実際には父母や兄を困らせることになるんです。結木家の雅はいないんです。病で死んだんです。今のわたしは、青紬のおまさと呼ばれるやくざな女壺ふりですよ。やくざな女壺ふりが、どの面さげて結木家の門をくぐればいいんです?」

おまさは、雅ではなく青紬のおまさの風貌を九十郎に向けた。

「お父上は、おまささんにひと言伝えたい事があると、仰っているそうです。なのにおまささんは、自分を責めて、お父上に会わぬまま江戸を去るつもりですか。お父上が何を伝えようとなさっているのか、それを知るのが恐いのですか。八州に名を馳せる青紬のおまさが、臆病風に吹かれているのですか。おまささん、お父上に会うか会われぬかは、青紬のおまさが決めるのではなく、結木家の雅どのが決めるのでもなく、腹の底にずっと失われずにある、おまさという女の性根が決めることなのではありませんか」

おまさの頰に、はっとしたように淡い朱が差した。

おまさはためらい、沈黙の中に身を隠した。お玉がそんなおまさを見あげ、やがて、九十郎へ不安をたたえたつぶらな目を向けた。

「おまささん、お父上に、手紙を書かれませんか」

おまさはかすかに眉をひそめ、物思わしげな沈黙を守った。

「わたしがお父上にお届けし、ご返事を必ずいただいてまいります。お父上とおまささんの、とり持ち役をいたします。お父上とおまささんのかかわりは、仕舞屋にはいっさい与り知らぬ事です。先ほども申しました。与り知らぬからこそできる事を、とるに足らぬ生業ながら仕舞屋にお任せいただけませんか。こういうことも仕舞屋の仕事のうちなのです」

九十郎は、お玉の不安そうな眼差しに微笑みかけた。

「お玉、こちらへおいで。今日はおまさちゃんとどこへいっていた。おじさんにお話ししてくれないか」

さあ、おいで、とおいでおいでをした。

お玉は頷き、おまさを気遣いつつ、九十郎のそばへきた。

「ここへお坐り」

お玉を抱き寄せた。

「本当に可愛い子でやすね。いい子だ、いい子だ」

藤五郎が膝を進め、九十郎の膝へ腰かけたお玉のふり分け髪をなでた。

そのとき九十郎は、お玉の蘇芳（すおう）色の帯に手を触れ、羽二重の厚地の帯であることに気づいた。子供用に誂（あつら）えた帯にしては、相当高価な品である。

帯をなでながら言った。

「お玉、これはいい帯だな。誰が買ってくれたのだ」

「父ちゃんだよ。これはとってもいい帯だから、大事にして、お祖父ちゃんとお祖母ちゃんに見せてあげるんだよって、買ってくれたの」

「そうか。お祖父ちゃんとお祖母ちゃんにか。じゃあ、お玉が父ちゃんと母ちゃんと旅に出るとき、買ってもらったんだね」

「うん、そうだよ」

お玉は可愛らしい歯を見せ、ふふ、と笑った。

三

うた坂の上から、夕焼に染まった西の空の下に、番町の木々に覆われた武家屋敷地やお濠や、四谷方面の町並などが見わたせた。

その夕焼を背に受けた継裃の侍と羽織袴の供侍らしき二人が、うた坂をのぼってくる様子が、火之番丁の辻番のある角を折れたときから見えていた。

「あれですかね」

後ろの藤五郎がささやいた。

「あれだろう」

九十郎は土塀ぎわに身を寄せ、二人から目を離さずにこたえた。

九十郎と藤五郎の立ち並ぶ土塀ぎわの数間先に、夕焼に赤く燃える結木家の表門と屋敷内の木々が見えている。

継裃の侍は、坂の上の九十郎と藤五郎に気づいていて、従う供侍に何かささやいている素ぶりだった。供侍は、まだ若くあどけない顔にかすかな不審を浮かべ、九十郎と藤五郎を見比べた。

九十郎と藤五郎は、だいぶ離れたところから、二人へ頭を垂れた。

継裃の侍が、戸惑いがちな会釈を寄こした。

二人は、九十郎らの数間手前で立ち止まった。あたりは静まりかえっている。

九十郎は先に声をかけた。

「卒じながら、表火之番組頭の結木英之介さまとお見受けいたします」

「いかにも、結木英之介です」

落ち着いた語調で、英之介が言った。

九十郎は頭を戻し、しかし目は伏せていた。それでも目の隅に、英之介の背丈の高さや広い肩幅がわかった。五尺八寸の九十郎より背丈は高かった。

鼻筋は通り、きれ長な目の、むしろ冷たく見えるほどの美男子であった。

なるほど。この兄にしてあの妹か。

九十郎は思った。

「道端でのこのようなふる舞いを何とぞお許しください。わたしは九十九九十郎と申します。この者はわが仕事仲間にて、藤五郎と申します。結木英之介さまにお目にかかるため、お待ち申しておりました」

「ああ、そうなのですか。あなたが九十九九十郎どのでしたか。橘左近さまよりお名前をうかがっております。仕舞屋さん、でしたな。こちらは、お仲間の藤五郎どの。藤五郎どののお名前も、橘さまよりうかがいました。神田で湯屋を営んでおられるとか」

英之介が警戒を解いて、幾ぶん朗らかなやわらいだ声になった。

「畏れ入ります。何とぞ、藤五郎とお呼びください」

藤五郎が恐縮して、腰を折った。

「ご承知いただいており、よろしゅうございました。じつは……」

「まず、九十九どの、なぜお入りにならず、こちらでなのですか。ここが結木家の屋敷です。どうぞ、お入りください」

英之介は土塀の門のほうへ手をかざし、若々しく言った。

「ありがとうございます。橘さまより、事はなるべく表沙汰にせずにとのお申し入れでした。よって、まずは直に英之介さまにお目にかかってと考えたのです」

「さようでしたか。お心遣い、いたみ入ります。ですが、わが家の者は、奉公人も長く仕えており、みな事情を心得ておる者ばかりです。九十九どのが訪ねてこられたときは丁重にお迎えするようにと、命じております。さあ、どうぞ。藤五郎どのもどうぞ。源次郎、先にいってお客人の茶の支度をするように、伝えてくれ。ああ、それよりは夕餉を召しあがっていただかねばならぬ。お客人の膳と酒の支度もするようにとな」

「心得ました」

供侍の源次郎が若い声でこたえた。

九十郎は、供侍が俊敏にいきかけるのを止めた。

「平に、何とぞ平に……」

「英之介さま、このような時分にうかがいましたのは、一刻でも早く結木家にお知らせすべきと判断したゆえでございます。と申しますのも、わたしと藤五郎は先刻まで、お捜しの方にお会いしておりました。それからこちらにまいった次第です。そのようなお気遣いは、何とぞご無用にお願いいたします。これがわれらの、仕事なのですから」

「それでは、あれと会われたのですか。そうでしたか」

英之介は九十郎がおまさをともなっていないのを訝(いぶか)しむような、少し落胆の色を見せて声を低めた。うた坂に人通りはなかった。

「とも角、さあ、中へ……」

と、気をとりなおして、晴れやかに言った。


客座敷に通され、四半刻ほどがたっていた。

庭は黄昏(たそがれ)どきの薄暗がりに包まれ、座敷にはすでに行灯(あんどん)が灯(とも)されていた。

二人に茶菓(さか)が出され、温かい煎茶(せんちゃ)が冷めたころ、英之介が座敷に戻ってきた。

英之介は裃(かみしも)を、羽織袴姿に替えている。

四半刻前、英之介は九十郎が差し出したおまさの折り封にくるんだ手紙を受けとり、「少々お待ちを」と言い残して座敷を出た。

病に臥(ふ)せっている父親のところへ、持っていったのに違いなかった。

座敷に戻ってきた英之介は、九十郎と藤五郎に対座し、深々と頭を垂れた。そして、頭を垂れたまま、

「両親もわたしも、雅の手紙を読みました。雅の存念がよくわかりました。まこ

とにありがとうございました」

と、声を改めて言った。

「ただ今、父は、医師より安静にしているようにと言われて臥せっており、ここにくることはできません」

「はい。結木克己さまのご様子は、橘さまよりうかがっております」

「父が申しております。雅が九十九どのと藤五郎どのを頼りに思い、あの手紙を託したのですから、父もお二方を頼って、雅へ伝えねばならぬ言葉をお二方に託けいたしたいとです。それも、父自らが。いかがでしょうか」

「元より、そのように心得て手紙をお届けいたしました」

「かたじけない。では九十九どの、まことにむさ苦しきところで畏れ入りますが、父の臥せっております寝間にきていただきたい」

「承知いたしました」

「藤五郎どの、ご一緒にお願いいたします」

「いえ。とんでもございません。あっしはお庭先に控えさせていただきます」

「仕舞屋さんに仕事を頼むのです。庭先におられては、話ができません。父は大きな声が出せないのです。何とぞご一緒に」

へへえ、と藤五郎は恐縮して頭を垂れた。

黒光りのする廊下をひとつ折れた奥の寝間へ、英之介に導かれた。

六畳ほどの寝間は、一灯の行灯のやわらかな明かりにくるまれていた。

庭側にたてた引違いの明障子に青味を帯びた宵の闇が映っていた。

薬草のほのかな匂いが漂い、火鉢にかけた鉄瓶が薄い湯気をくゆらせていた。

寝間は病人のために、十分暖かく保たれている。

結木克己は布団の中で上体を起こし、九十郎たちを待っていた。

寝間着の上へ半纏を袖を通さずかけ、ほぼ白髪になった髪は髷を結わずに後ろに束ねて垂らしていた。痩けた頰から口元に白い無精髭が生え、首筋や前襟の間にのぞく肌も衰え、骨張って見えた。

上品な風貌の妻女が克己の枕元にいて、英之介はその横に並んで坐った。

九十郎は布団の裾のほうへ端座し、畳に手をついた。

藤五郎は九十郎の後ろに控え、やはり畳に手をついて畏まっている。

「九十九九十郎でございます。この者はわが仲間の藤五郎と申します」

「藤五郎でございます。お初にお目にかかります」

九十郎と藤五郎は、低頭して言った。

「結木克己です。九十九どの、藤五郎どの、雅の手紙を届けていただき、礼を申します。どうぞ、手をあげてください」

少しかすれた小声を、低く響かせた。

克己は、厳しさや精悍(せいかん)さを残した青ざめた顔を九十郎に向けていた。

かつては気迫と鋭さが漲(みなぎ)っていたであろうその眼差しには、今は、老いを囲う穏やかな笑みがたたえられている。

だが明らかに、克己の風貌にはおまさの面影が認められた。

「これはわが妻の嶺(みね)です」

と、枕元の妻女へ瘦(や)せて骨張った手を差した。

「お内儀さま、九十九九十郎でございます」

と、手をついて辞宜を述べている九十郎に、克己が懐かしそうに言った。

「元御小人目付の九十九九十郎どのの名は、聞いたことがあります。城内で九十九どのをお見かけし、あれが御小人目付衆の中の屈指の剣客と聞こえる九十九九十郎どのかと、思ったものでした」

「畏れ入ります。わたしは御目付さま配下ではありましても、殿中にお勤めの表火之番組頭の結木克己さまとは比べようもない身分低き役目です。畏れながら、結木さまのご評判はうかがっておりましたが、お会いした覚えがございません」

「どんな評判を、お聞きになったのですか」

「はい。結木克己さまは小太刀の名手と、小人目付部屋にも聞こえておりました。武芸のみならず、厳格で清廉潔白。表火之番組頭に相応しい侍らしい侍と、聞いておりました」

「身分の低い御家人の一門ですが、代々のお役目をいただき、それを継いできたのです。殿中の役目柄、小太刀を身につけ、一門の名を汚さぬように務めた、それだけです。九十九九十郎どのの評判は、それとは違う」

克己の穏やかな笑みが、九十郎から離れなかった。

「もうすぐ六十になります。身体には自信があり、五十をすぎてもまだ若い者に負けはせぬと、こころばえを失っておりませんでした。ところが、思いもよらず病を得て、情けないことに途端にこのあり様です。心の臓が弱っておると、医師に告げられました。安静に努めねばならぬと。よって、このようなむさ苦しいところにきていただきました」

「何とぞ、安静にお努めください。お許しください。ご懸念にはおよびません」

「それにしても、九十九さんはお若い。驚きました。きっと、身体のみならず、お心も健（すこ）やかなのでしょうな」

いいえ、と九十郎は苦笑をかえした。

「若いころはおのれしか見えず、おのれの尺度で周りを計っておりました。さぞかし、朋輩（ほうばい）にも配下の者にも奉公人にも、倅（せがれ）にもまた娘にも、気むずかしさや、心の狭い厳しさを押しつけてきたのであろうなと、今さらながら気づかされました。鍛えられた健やかな身体が、健やかな寛大な心を育（はぐ）むのではないことを、自分が弱き者となって思い知りました。いささか、遅すぎましたが」

そう言ったとき、克己は笑みを消し、小さな咳（せき）をした。

妻女の嶺が、「お茶を？」と気遣ったが、克己は首を左右にそっとふった。

「九十九どの、雅は今、二十七歳になっております。どのような暮らしをしておるのでしょうか。姿はどうなっておりましたか。いかなる事も受け入れる覚悟はしております。包み隠さず、教えていただけませんか」

「はい」

と、九十郎はこたえた。

「賭場の女壺ふりを、生業としておられます。気の荒い博徒らにも負けぬ度胸を備え、青紬のおまさ、と関八州で名が知られた渡世人に……」

「青紬のおまさ、とは？」

「青紬の小袖を好んで着ておられ、それが雅どのの美しさに映えて博徒らの評判になったと聞いております。まことに、息を呑む美しさでした」

嶺は堪えきれず、顔を両手で覆ってすすり泣いた。

しかし、克己と英之介はそれを予期していたかのように、眉ひとつ動かさず九十郎を見つめていた。

やおら、克己が低く言った。

「そうですか。無頼な渡世人と、そういう者らを卑しんでおりましたが……」

沈黙と嶺のすすり泣きが、寝間に流れた。

「畏れ入ります、だ、旦那さま」

　と、後ろの藤五郎が声をかけ、克己と英之介が見かえした。

「あ、青紬のおまささまは、器量がいいだの、男らにも劣らぬ度胸があるだの、というのだけじゃあございません。噂では、並の男じゃ歯のたたない剣の腕を持ち、しかも義理と人情に篤い大した渡世人と聞いておりましたが、直にお会いして、噂以上の、女にしておくのは惜しい、とてもご立派な、あのなんて言っていいのかわかりませんが……ねえ、旦那」

　藤五郎は九十郎の背中へ言った。

　だが、藤五郎が青紬のおまさをどれほど持ちあげても、克己と英之介の顔つきは沈んだ。嶺のすすり泣きも続いた。

「偶然、雅どのの強さを見る機会がありました。素手で二人の男を倒し、無頼な浪人者を匕首ひとつで退けられた。細りとした身体つきにもかかわらず、膂力は凄まじく、俊敏な動きに男らは追いつけませんでした。雅どのは小太刀を稽古なされたとうかがっております。しかし、稽古だけであれほどの働きはできません。雅どのが荒々しい男らの渡世に、女ながらに身を投じられたのは、あれほどの働きができる天分を備えておられたからだと、思われます」

九十郎は言い添えた。

「雅がどのような身に落ち、どのような荒んだ暮らしをしようとも、父親のわたしが雅に言える事は何もありません。生きていてくれてよかった。それで十分」

克己は、すすり泣く嶺を諭す口ぶりでこたえた。

「九十九どの、藤五郎どの、わが結木家とわが娘の雅に何があったか、まずそれからお話しいたしたい。ここだけの話として、お聞きいただけますか」

「元より、その存念です」

克己は、物思わしげな短い沈黙をおいた。

「いずれ表火之番組頭を継ぐ英之介にも、小太刀の稽古をさせました。英之介が七歳のときです。妹の雅は四歳でした。活発でお喋りで、いつまで見ていてもあきない娘でした。それが、英之介の隣で一緒に小太刀の稽古を、見様見真似に始めたのです。武家の娘ですから、武芸のたしなみはあってしかるべきです。ですが、雅を小太刀の使い手にとまで考えていたのではありません。英之介には小太刀の相応の使い手に育てるため厳しく稽古をつけましたが、幼いということもあって、雅には手ほどきをするほど合いだったのです。ただ、子供のころの英之介は、気の弱い大人しい男児で、活発な雅と比べて、気質が逆であったならと、愚かにも親の都合のいいように残念がった覚えはあります」

英之介が、そうなのです、というふうに真顔で頷いた。

「雅は、呑みこみの早い賢い子でもありました。小太刀の稽古は続けておりましたが、武家の女子としてのたしなみのひとつとしか、わたしは見ていなかった。九十九どのが言われたとおり、雅には持って生まれた天分が備わっていたと考えるほかありません。それに気づいたのは、十三、四の背丈が急に男子並みに大きくなるころです。小太刀の剣術に目を瞠（みは）るほどの上達ぶりを見せ始めたのです。十六のころには、英之介は雅に敵（かな）わず、わたしが相手をしなければ、稽古にならなかった」

克己は、すぎた日々へ思いを馳せた。

「わたしは、雅の小太刀の腕前がいかに上達しようとも、素っ気なくあしらっておりました。所詮（しょせん）は女の身。相応の家に嫁ぎ、夫に仕え、子を産み家を守ってゆく。それがしかるべき女の道ですから。小太刀の稽古に励む雅に、ほどほどにせよ、とたしなめていたくらいです。ですが、雅に稽古をつけるときは、われを忘れておりました。日に日に上達が目に見えるのです。こうなのだ、と手ほどきをすると、雅は乾いた地面に水がたちまち染みこんでいくかのごとくそれを受け入れ、おのれのものとし、のみならず、次は次は、とわたしが追いたてられました。雅が消えたずっとあとになって気づいたことですが、わたしとの稽古において、十八、十九のころの雅は明らかに手加減をしておりました」

「驚かれたでしょうな」

「はい。言いようのない驚きでした。驚きは喜びとなり、そして苛だたしい虚しさに変わっていきました。わたしが愚かな父親でなければ、あるがままに目をそらさず向き合っておれば、雅に違う生き方があったと、悔まれてなりません」

沈黙が部屋を覆った。夜の帳がおり、屋敷のどこからも物音ひとつ聞こえてこなかった。

嶺は瞼を指先でぬぐい、英之介は身動きしなかった。

「雅が十九歳の秋、縁談がありました。相手は赤坂の旗本の倅でした。納戸組の頭を務める家柄で、結木家と家格に開きがありましたが、旗本の倅が雅を見初めたらしく、人を介して申し入れがあったのです。初めは、家格が違いすぎるゆえお断りしたのです。そこをたって、と申し入れが再三あり、そこまで望まれるならとお受けした次第です。婚礼の日どりは、年が明けた春の弥生と決まりました。嫁入り支度が始まり、相手の家風や慣例などを学ぶため、雅が赤坂の屋敷を訪ねる機会がしばしばありました。ところが年が明けてほどなく、相手方より、家風にそぐわぬゆえという理由で、いきなり婚礼の破談を伝えられたのです。こちらは驚き、慌てふためくばかりでした。家風にそぐわぬとはいかなることか、それを学ぶため赤坂の屋敷にしばしば通っていたのではなかったのかと、雅に問うてもわからず、人をたてて相手方に訊ね、わたし自身も出向きわけを質しましたが、相手方は家風がと繰りかえすばかりにて、一向に合点ができませんでした」

克己は、小さな咳をした。

「そうしているうち、別の筋より、旗本の倅にさる大名家の重役の娘との縁談が新たに持ちあがり、じつはそれは大名家の蔵元の娘で、大名家の重役の養女になって旗本に嫁ぐ段どりを踏んで、娘には数千両の持参金がつくという事情を聞かされたのです。それでやっと合点がいき、諦めざるを得ませんでした。わたしは、それしきの相手だったかと思ったばかりでした。もうよい、と雅にも申しました。

雅がその事態を受け入れたか受け入れなかったかは、どうでもよいことです。わたしはあのときの雅の気持ちを確かめてはおりません。どちらにせよ事態は変わらぬのですから、雅の気持ちを確かめても意味はないと、考えておりました。一月下旬のある日、雅は下女もともなわず、ひとりで赤坂の旗本の屋敷に出かけたのです」

「ひとりで？」

「さよう。家の者は雅がいつどこへ出かけたのか、誰も知りませんでした。今にも降り出しそうな午後のことで、案の定、夕刻より雪となり、雅がこの屋敷に戻ってきたのは、とっぷりと日の暮れた六ツ半をすぎた刻限でした。玉結びの髪にも着物にも、白い衣をまとったように雪が降りかかっておりました。どこへいっていたのかと問い質しますと、赤坂の旗本の屋敷を訪ね、倅に会ったと言ったのです。何ゆえそのような未練なふる舞いをしたと、わたしは質しました。未練ではない、倅の存念を確かめにいったと、雅はこたえました。それが未練でなくなんだと言うのだとさらに問いつめました。すると雅ははっきりと、ゆえあって倅を討ち果たした、と言ったのです」

克己は、束の間、言いよどんだ。だが、すぐに続けた。

「自分と倅とは、肌を許した仲である。旗本屋敷を訪ねたその戻り、年が明ければ夫婦になるのだからと誘われ、自分にも許してよいという気持ちがあって、一度、それを受け入れた。それがこのような事態になったため、その日、一度はわが夫と思い定め心と身体を許した相手の口から、夫婦にはならぬと、ひと言を聞くために訪ねた。ところが、倅は親に命じられて仕方がなかった、心は今でも雅にあると言い募り、屋敷内にもかかわらず再び身体を求めてきた。それを拒むと、倅は雅を女と見くびり力ずくで無体なふる舞いにおよんだ。よって、倅の脇差を奪い、やむなく討ち果たしたとです。雅が類まれなる小太刀の手足れであることは、父親であるわたしが一番よく知っておるのです。雅は脇差を奪って、手もなく倅を討ち果たしたでありましょう。わたしは言葉を失いました」

四

克己は英之介を伴い、雪の中を赤坂の旗本屋敷へ急いだ。

　旗本屋敷は一門の縁者郎党が集まり、不届きなる結木家の雅を討つべしと、騒然とした気配に包まれていた。

　しかし、雅が屋敷内で倅を斬り捨ててからはや二刻以上がたつにもかかわらず、支配役への倅の死の届けが未だ出されず、討手も屋敷内で手を拱いていたのは、事情を知っている倅の従者である若党が、雅と倅の間に何があったのか、曖昧な証言に終始したからである。

　そこへ、雪の中を克己と英之介が現れたのだった。

　倅を討たれた旗本と縁者らは怒りを露わにし、縁談が破談になったゆえと雅の未練がましく卑怯なふる舞いは言語道断。雅の首を差し出さねば、一門こぞって結木家に攻めかかり、われらの手で雅を討ちとるのみと、克己と英之介につめ寄った。

　克己と英之介は雅から聞いた事情を述べ、軽挙を慎んで旗本のほうでも真相を確かめるよう、弁明と説得に努めた。

「偽りを申すか」

「いえ、決して偽りではなく……」

と、言い争いになり、旗本と縁者らの怒りは収まらなかったが、とも角も実事をと、言い渋っていた若党を問い質した。

すると、倅が雅に無体なふる舞いを仕かけた末に、逆に斬り捨てられた事情が明白になってきた。

事の顚末が詳らかになって、旗本と縁者らは一旦は矛を収めるしかなかった。

雅の小太刀の腕前の評判は聞こえていた。とは言え、所詮は女と見くびり、天下の旗本の男子が討ちとられたとあっては、武士の名折れもはなはだしい。

のみならず、倅のふる舞いとその顚末が表沙汰になれば、一門の面目を失うのみか、お上より咎めを受けかねなかった。

旗本は表沙汰にせぬ手だてをこうじた。

支配役に倅の病死を届け出て、その夜のうちに通夜を行い、翌日、葬儀を親類縁者のみで執り行った。

だが、雅の落ち度もまぬがれることはできなかった。

女ひとりが、いかなる理由があったにせよ、ひそかに男の元へ出かけるふる舞いは、密通と見なされても仕方がなかった。

すなわち、淫(みだ)りがましきふる舞いは雅が仕かけたことになる。

倅は、ただ一刀のじつに見事な袈裟懸(けさが)けを浴び絶命していた。

雅がいかに手足れであったとしても、それほどの事ができるのは、騙(だま)し討ちにする狙いで倅に媚(こび)を売り油断させ、脇差を奪い斬りかかったに相違なし、と旗本は若党の証言を解釈した。

まともに立ち合って、そのような事ができるはずがないと言い張った。

旗本は克己に、断固、雅の厳重なる処罰を求めた。旗本の一門が承服できる処罰がくだされぬのなら、結木家は相応の報復を覚悟すべし、とである。

深夜、雪の降り積もった戻りの夜道で、克己は英之介に言った。

「やるしかあるまい」

「わたしは、反対です。非は……」

英之介の言葉は続かなかった。

非は雅にあった。密通と見られるふる舞いは、建て前は手打ちに値した。

ましてや、密通の相手を斬り捨てた。

すなわち、父親の克己が雅を手打ちにするしかなかった。

克己は当主として、結木家の安泰を図らなければならなかったし、結木家を継ぐ英之介とて同じであった。

結木家も事を表沙汰にできなかった。旗本への手前、雅を生かしてはおけなかった。

うた坂の屋敷に戻ると、克己は妻の嶺にも奉公人らにも、呼ぶまで誰も部屋を出てはならぬ、また見てもならぬ、と厳重に命じた。

雅は、雪の中を戻ってきたときの姿のまま自分の部屋にいた。

克己は一刻の猶予もおかなかった。刹那のためらいが、手元を狂わせるだろう。即座に、一刀のもとにやってのける。そう決めていた。

「雅、庭に出よ」

克己は命じた。

理由は言わなかった。

雅は覚悟をしていた。何も問わず、雪の白く積もった庭に素足でおり立った。言わずともわかる娘である。克己がそう育てた。

濡れ縁に英之介が行灯をおき、雅と向き合い端座していた。雪よりも白い雅の容顔と、今にも消え入りそうに佇む姿は、まるで雪の精霊のように見えた。

なんたることだ。

克己はこみあげるものを懸命に堪え、襷をかけた。袴の股だちを高くとって、足袋のまま庭におりた。腰にはひとふりの小太刀のみを帯びていた。

「なおれ」

ひと言、克己は言った。

雅は雪の上に、静かに端座した。

玉結びの髪をほどき、背中に垂らしていた。それを両肩に分け、白く細いうなじを露わにした。そして、上体を前へかしげ、首を差し出した。

雪が雅のうなじに落ち、熱い肌の上でたちまち溶けた。

不意に、ほんのかすかなささやき声さえ聞こえるほどの静寂に包まれた屋敷のどこかから、すすり泣きと経を唱える呟きが流れてきた。

克己は雅の左後ろに立ち、小太刀の柄に手をかけた。

「雅、言い残すことはないか」

「悔いはありません。父上に討たれるなら、雅は本望です。速やかに」

雅は、さらに首を差しのべた。

「よくぞ申した。覚悟っ」

克己は鯉口(こいぐち)をきった。

半歩踏み出し、左足を引いて身を沈めた。

そのとき、枝に積もっていた雪が重みに耐えかね、どさり、と落ちた。一瞬、すべてが静止したかに見えた。

即座に抜刀し、片手上段にとった小太刀を、降りしきる雪の中にかざした。

「たあっ」

静寂を引き裂くひと声とともに、片手上段の小太刀が雪煙を巻きあげた。

「雅はあの夜、死んだのです。よって、夜明け前、雅が屋敷を出ていったときの姿を、誰も見てはおりません」

と、克己は言った。

「決して見てはならぬ、手助けしてはならぬ、誰も知らぬことなのだ、と家の者に言いつけました。わたしは布団の中で、雅が支度をする寂しげな物音を聞いておりました。隣の布団で嶺は泣き続けて、屋根の雪が庭に落ちる音ばかりが、暗がりの中に聞こえました。あの言いようのない寂寥を、忘れることはできません。やがて、雅の支度の音が途絶え、ほどなくして中の口の板戸が開けられ、門の潜戸を開く音が聞こえました。嶺が起きて慌てて部屋を出ようとするのを、いってはならぬ、と叱りつけて止めたのです。表門の潜戸の締まる音が最後でした。無用になった嫁入り衣裳の中に、青紬の小袖がありました。無理をして駿河町の呉服問屋で誂えた上等な小袖です。雅に青紬の色がじつによく映えた。それだけがなくなっておりました。あの青紬を身に着けていったのでしょうな」

　克己は、そこでひと息を吐いた。

　嶺は七年前のその夜明け前のことを思い出したのか、すすり泣きをもらした。

「翌日、支配役に雅の病死を届けました。旗本の屋敷にも伝えました。支配役にどのように話が通っていたのか、定かにはわかりません。だが、届けは受けつけられました。結木家の伝言を旗本がどう受けとめたかも、確かめてはおりません。どうであれ、それ以後、旗本とわが家との間に音信はいっさいありません」

　七年前の春、赤坂の納戸方組頭の旗本の跡とりが病で急死した件は覚えている。

旗本や御家人の家に不審な出来事があれば、支配役の目付より、調べよ、と指図があるが、あのときはなぜかなかった。

「七年前の秋、わたしは小人目付を退きました。その年の春のことでした。小太刀の名手として評判の高かった結木克己さまが、年ごろの娘御を病によって亡くされたと聞き、そのような娘御がおられることさえ知らず、ただ、気の毒なことだと余所ながら思ったばかりでした。かかわりがあったとは……」

九十郎は言いかけた言葉を呑みこんだ。

「九十九どの、愚かな父親です。雅はただ、一度は夫と決めた相手から、真っすぐな言葉を聞きたかった。それだけなのです。雅のふる舞いに間違いはあったかもしれません。ですが、それがなんでしょう。雅は悪いことをしたのではない。懸命に純朴に、自分の筋を通した。筋を通さなかったのは旗本であり、倅のほうです。倅のふる舞いは、雅に斬られて当然だった。わたしには、それがわかっていた。わかっていたが、わが結木家に疵をつけぬために……」

克己が咳きこんだ。

とりかえしのつかぬ事、武士の身分にある限りどうにもならぬ事の苦悩を堪えるかのように上体を丸め、目を閉じた。

「あなた、横になっては……」

「父上、それまでに」

嶺と英之介が言った。

「いいのだ。もう終わる。九十九どの、雅に伝えてください」

克己は姿勢をなおし、再び九十郎へ静かな眼差しを向けた。

「おまえは間違った事をしたのではない。間違ったのは父だ。済まなかった。父を許してくれ。父はおまえを自慢に思わなかったときは一度もない。かつても、むろん今もだ。自ら思う道をゆくがよい。達者で。そう伝えてください」

「承知いたしました」

九十郎は頭を垂れ、藤五郎がそれに倣った。

半刻後、九十郎と藤五郎は、英之介から「父の命令です。何とぞ」と引き止められ、客座敷で膳と酒の馳走になった。

その折り英之介は、新たな折り封の手紙と白紙の包みを九十郎の前においた。

「この手紙を、父の言葉を伝えていただくときに、わたしからと、雅にわたして

いただきたいのです。わたしも父と同じです。雅に詫びなければなりません。そ
れからこれは、今宵の礼です。お収めを」
「この書状は、必ず雅どのにお届けいたします。しかしながら、仕舞屋はもみ消
し以外の依頼は、仕事がならなかった場合、礼金はいただきません。仕事はまだ
終わっておりません。仕事が終わったのち、改めて橘さまに申し入れますゆえ、
これはおかえしいたします」
礼金の包みを押し戻した。しかし、英之介は譲らなかった。
「父母は喜んでおりました。積年の重荷を、おろせた気がいたします。仕事の手
間代ではなく、われらの気持ちなのです。手間代は別にお支払いいたします。何
とぞお収めください」
そして、言葉つきを改め、
「九十九どの、じつは今ひとつ、わたしからお訊ねしたい事があるのです」
と、言った。
「何か」
「ささいな事です。先日、雅が屋敷の近くまできた折り、わが家に子供のころか

ら奉公する下女にだけ会って、屋敷には入らず姿を消しました」

「うかがっております」

「下女から、雅は四歳のお玉という童女をともなっていたと聞いております。その折り、雅は事情があって余所の子を預かっていると申したそうです。ですが、お玉という童女はもしかして、雅の子なのではないか、もしかして、お玉に父親はいないのではないかと、気にかかってならぬのです。そうなら、わたしにもしてやれる事があるのではないかと、思ったのです。わたしは兄として、妹に何もしてやれなかった」

「なるほど。お玉については、詳しくは聞かされておりません。手紙と一緒に、英之介どののご意向は雅どのにお伝えします。それも改めてご報告いたします」

「お願いいたします」

お玉については、九十郎の腹の隅に、昼間、馬喰町の小路であった出来事がわだかまっていた。

あの男らは、通りすがりの与太者ではなかった。四歳のお玉を放っておけぬわけがあるのか、と指先に小さな棘が刺さったような訝しさが、残っていた。

念のためあたってみるか。ついでだ。九十郎は思った。

五

翌朝、藤五郎が小柳町三丁目の九十郎の店を訪ねてきた。

藤五郎は、四つ目垣の片開きの木戸を抜けて三個の踏み石に草履をはずませ、腰高障子を開け放った。

「ごめんよ。藤五郎です。旦那、いらっしゃいやすか。旦那、今日はまだお休みなんでやすか」

顔をのぞかせ、声をかけた。

横一間幅の表土間続きにある寄付きの、奥の台所のほうから「はあい」と、お七の澄んだ声がかえってきた。

勝手の土間に下駄が鳴り、お七が台所の引違いの障子戸を開けて小走りに出てきた。十二歳にしては、紺地に小紋模様を抜いた小袖が、お七を大人びて見せている。朱の襷をかけ、裾短に着けた裾からのぞく白く細い素足が初々しい。

「藤五郎さん、おいでなさいまし」

お七は寄付きの上がり端に手をついた。

「おう、お七。いつものころ合いに旦那が見えねえんで、なんかあったのかなって見にきたのさ。旦那はまだお休み中かい」

藤五郎は天井を指差した。二階の四畳半が九十郎の寝間である。

毎朝五ツ半すぎころから湯屋に出かけるのが慣わしである。それが今朝、九十郎はこなかった。

「いいえ。旦那さまは朝早くお出かけになりました」

「出かけた？　そうなのかい。今日の午後、旦那と馬喰町へ出かける用があるんだが、朝っぱらからどこへお出かけだい」

今日の午後、馬喰町の初音屋におまさを訪ねる段どりだった。おまさは、前夜は賭場に出て、朝は短い眠りについているとわかっている。

「御番所の橘さまをお訪ねです。昼までには戻ってこられます。藤五郎さんが見えたら、そうお伝えするようにと」

「ああ、橘さまをお訪ねかい。わかった。旦那が戻ったら、お待ちしておりやすと伝えといてくれ」

お玉の両親が青梅宿の旅籠で賊に襲われ命を落とした一件は、勘定所の道中奉行支配である。だが、町奉行所でも何かわかっている事があるかもしれない。与力の橘に訊いてみると、九十郎は昨夜言っていた。

早速、今朝早く、橘の旦那のところへ出かけたらしい。だったらおれも一緒にいったのに、と藤五郎は思った。

まあいいか。

どうでお玉の事は仕舞屋の稼ぎにはならねえし、朝は湯屋の仕事が忙しい。けど、旦那は金にもならねえ事に、首を突っこみたがるところがあるからな。そりゃあお玉は可哀想な子だよ。おれだってそう思うけどさ。限度ってものがあるだろう。ありゃあ旦那の悪い癖だよ。

と、藤五郎は苦笑を浮かべつつ、お兼新道を湯屋へ戻っていった。

その朝五ツ前、九十郎は北御番所表門内わきの庇下の腰掛にかけていた。黒羽織の同心と与力の継裃姿が、次々と表門をくぐってくる。

紺看板の中間や下番と言われる下男小者らと同心の遣りとりが声高に交わされ、町方らは同心詰所のある長屋や表玄関、内玄関のほうへと、わかれていく。

だが、それらの町方のほかに、町民が、これもぞくぞくと門をくぐり、白洲入口から公事人溜りへ入っていく。

町民は肩衣を着けているが、足下はみな素足に草履である。

下番の名を読みあげる声が、公事人溜りから聞こえていた。

御番所に昼も夜もないが、町方の勤めは普段は朝五ツ。詮議所で公事が始まるのは、一刻後の四ツである。

継裃の橘が、表玄関の式台に現れたのが見えた。

橘は破風造りの玄関の庇下から表門との間のおよそ十五間の敷石を、すれ違う与力や同心らと会釈を交わしつつ、九十郎のほうへ足早に歩んできた。

腰をあげて黙礼を投げると、橘は手をかざし、真顔を寄こした。

「今日は早いな。例の件か」

橘は二間手前にきて歩みを止めた。

「まあ、そうだ。昨日、うた坂のお屋敷にうかがった」

橋は小さな笑みを見せた。

「雅が、見つかったのか」

「たまたま、間がよかった。雅が結木家を出た事情を話してくれた。その報告と、別件で、少々訊ねたい事ができた」

「お犬屋敷の件なら、もう少しときをくれ。いろいろ、手を廻す相手が多いのだ。表のみならず、裏からもな」

「それとは違う。勘定所の道中奉行支配下の一件についてだ。雅とかかわりがまったくないわけではない」

「ほう、次から次と、九十九も忙しい男だな。町方とは支配違いの話を訊かれても困るのだが。仕方がない。歩きながら聞こう」

「いいのか」

「かまわぬ」

橋は先に表門を出た。小濠に架かった橋を渡り、呉服橋御門（ごふくばしごもん）のほうへとったところへ、九十郎は並びかけた。

南北に長い北町奉行所の海鼠壁（なまこかべ）に沿って、門前の往来をゆき、海鼠壁の角を西へ折れた。北側の壁ぎわに建つ奉行所の物見の櫓(やぐら)が見え、正面には裏門がある。

物見の櫓に番人が立っている。

二人はすぐに呉服橋御門のほうへ曲がった。

枡形(ますがた)の御門を抜けて呉服橋を渡ると呉服町である。

呉服町の濠(ほり)沿いの往来を南へ、二人は歩んでいく。

濠沿いに続く柳の木々に、今朝も春の日射(ひざ)しが降っていた。

濠の深い紺色の水面には水鳥が浮かんで、濠の対岸の石垣の上に曲輪(くるわ)の白壁が続き、そこここの松の木々が白壁の上に鬱蒼(うっそう)とした枝ぶりを見せている。

往来の左手は、呉服町から元大工町へと江戸古町の表店が甍(いらか)をつらね、材木を積んだ荷車が賑(にぎ)やかに通り、商人や行商、お仕着せの手代や使いの小僧らが、みな足ばやにゆき交っていた。

商(あきな)いの始まる朝の忙しい刻限である。

「八州で名の知られた女壺(つぼ)ふりか。青紬のおまさの名は聞いたことはある。あの雅が、なんということだ。胸が痛い。克己さんも嶺さんも、英之介もつらかろう」

「英之介どのは、数年前、男の旅人姿に拵えて八州を廻る女博徒の噂を聞いたことがあり、もしかして雅ではないかと思ったと、言っていたのだろう」

「まあ、そうだが」

「博徒の間で青紬のおまさが評判になる前、おまさとは違う名の、腕利きの女渡世人が、やはり八州で知られていたそうだ。その女渡世人は、八州の旅廻りをしながら喧嘩出入りの助っ人稼業で稼いでいた。それが青紬のおまさだという噂がある」

橘はひそめた眉を伏せてうなった。

「橘は訊くなと言ったな。おまさの一件はいつ知った」

「雅がうた坂の屋敷から姿を消して、十日ほどがたってからだ。結木家より雅の初七日がすぎたあと、一家の者だけでとどこおりなく法要を済ませた知らせが届いたのだ。妻の遠縁とは言え、縁者だ。わたしは驚いた。妻と急いでうた坂の屋敷へ焼香に訪れた。そこで事の顛末を聞かされた。雅の事は、縁者の中でもわたしと妻しか知らぬ。これからも表沙汰にはできない。九十九、頼むぞ」

「むろんだ。表沙汰にならぬように頼みを果たすのが、仕舞屋稼業の定法だ」

「それにしても、雅に何があったのだろう。あの雅が賭場の壺ふりを生業にし、旅から旅の女渡世人とは、あまりにも違いすぎる」

「隠していても、表われるものだ。おまさは、師匠の克己を超える小太刀の天分を備えていた。小太刀の天分だけではない。驚くべき働きのできる力が、おまさの身体にはひそんでいる。昨日、馬喰町で男らを瞬時に倒したおまさの働きを見たときに、それがよくわかった。おまさの細身に、尋常ではない力がひそんでいる」

「天分か……」

橘はぼそりと呟いた。

「武家の束縛から解かれ、荒々しい男らの渡世に女ながら身を投じたとしてもおかしくはない。わたしのたち入る事情ではないので、確かめてはいないし、おまさも語らなかった。ところで、訊きたい事がある」

「ふむ。なんでも訊け」

「おまさが連れている、お玉という童女のことだ」

「ああ、英之介が言っていた四歳の童女だな。事情があって、雅が預かっているとか言っていたな」

「おまさがお玉を預かったのは……」

九十郎は、お玉の両親が青梅宿の旅籠（はたご）で命を落とした一件と、昨日、馬喰町で不逞（ふてい）の男らがおまさとお玉を襲った顚末を語った。すると、橘が不意に立ち止まり、

「九十九、お玉の父親と母親の名はなんと言う。青梅宿の宿は？」

と、訊きかえした。

二人は、元大工町、檜物町（ひものちょう）をすぎ、上槙町（かみまきちょう）に差しかかっていた。

「お玉の両親の名は知らない。宿の名も。お玉と両親は江戸のどこかの町で暮らしていたが、両親はお玉を連れて秩父の郷里へ戻る途中だったらしい。そこで、勝手に推量した。江戸で何かわけがあって、お玉の両親はお玉を連れて郷里へ逃げたのではないかとな。その途中の青梅宿で、江戸からの追手に追いつかれ襲われた。お玉が江戸であったそのわけとかかわりがあって、男らは青梅宿でとり逃したお玉を馬喰町で再び襲った。わたしの推量があたっていれば、青梅宿の一件は道中奉行支配でも、江戸の町方にもかかわりがあることになる。今のところ、

なんの証拠もない推量だがな」

「雅は、お玉の両親が襲われたわけを知っているのか」

「おそらく、知らないと思う。両親は、路銀狙いの追剝ぎに襲われたと言っていた。ただ、お玉を預かった詳しい経緯の話を、さけているふうにも見えた。お玉がひとりでおまさの部屋へ逃げてきたので、これも縁だと思いお玉を預かることにしたとしか言わず、それがかえって、お玉の両親はわけありに思えた」

「九十九、わたしも推量の話をしてやろう。推量の話だから、あてにはならぬ」

橘は真顔で言った。

「聞かせてくれ」

橘と九十九は、再び濠沿いの往来を歩み始めた。

「七日ほど前だった。伊勢町の米問屋の神崎屋から、尋ね人の訴えを当番与力が受けつけた。尋ね人は神崎屋の充助という手代だった。神崎屋は上方米を扱う下り米問屋の老舗の大店だ。充助は、仕入れ方が仕入れた上方米を米仲買に卸す卸し方だった。すなわち、仕入れた下り米を、相場の値で仲買商の河岸八町米仲買へ卸すことで利鞘を稼ぐ。河岸八町米仲買に卸した米は、脇店八ヶ所米屋、つき米屋をへて江戸市中へいきわたる、という仕組だ。わかるな」

「わかるさ。米櫃の底が見えると恐くなる」

「卸し方の充助には、女房と三歳か四歳の幼い子がいる。その充助が、女房と子供を連れ、住まいの若松町の寛右衛門店を出たきり行方が知れなくなった、という尋ね人の訴えだった。女房はお紺。娘の名は、九十九の話を聞いて思い出した。名はお玉だ。雅の連れていた子がお玉と英之介から聞いたのに、それが充助とお紺の子だとは考えもしなかった。迂闊だった」

「お玉という名は珍しくない。同じ名であっても、別の娘と思っておかしくない。ましてや、まだ推量なのだから、おまさの連れているお玉が、充助の娘のお玉とは限らないではないか」

　橘の横顔が頷いた。

「家主の寛右衛門には、勤め先の神崎屋より十日ばかり休みをもらい、充助の郷里の秩父に法事があるので里帰りをすると言って旅に出ていた。ところが、神崎屋には充助が里帰りする届けは出されていなかった。主人は不審に思い、すぐに、店の者を充助の郷里の秩父大宮郷の小鹿野村にやり、別の手代には卸し方の充助の仕事の代わりを務めさせた。すると、充助の仕事で隠れた損失が見つかった」

「隠れた損失？」

「下り米問屋は上方米を扱うのだから、仕入れ値の為替手形を上方へ送り、上方から米が下ってくる。それを卸し方が、正米切手をふり出し河岸八町米仲買へ卸す。仕入れ値の為替の額とふり出した正米切手の額を引き合わせれば、一件の取引でどれほどの儲けが出たか、一目瞭然だ。ところが、ある取引先で三度続けて儲けが出ていなかった。儲けどころか、その取引先では損失が出ていた」

「商売なのだから、儲けるときもあれば損を出すこともあると思うが」

「天災やよほどの事情がない限り、米問屋が損を出すことはほぼない。それに、神崎屋は老舗の大店で信用もあり、商いが固く、儲けを出さない取引の場合は、今は儲けは出なくとも、先々に新田開発などで大きな取引が望めるなどという相手に限られていた。その上方の取引先は、年に数十万両の金が動く神崎屋の商いの中では数百両の小口だったため、たまたま見すごされてきたらしい」

「なら、充助のふり出した正米切手に不審があったのだな」

「仕入れと卸しの勘定が合わぬ。つまり、仕入れの為替手形よりも、仲買商にふり出した正米切手の額が少ないのだ」

「仕入れた米を、充助がこっそり運び出して横流ししていたのか」

「米問屋の仕入れた米をこっそり運び出すなど、夜盗じゃあるまいし、簡単にはできぬ。小口でも数百両の商いだ。横流しは手がかかり、数人でこそこそとできる事ではない。人手をかけて現物を運び出すのだから、見つかりやすい。米蔵から俵を一俵かついで運び出すこそ泥とはわけが違う」

「充助は何をやった」

「充助は空米（くうまい）切手をふり出し、それを元手に米相場の空米取引に手を出していた」

「空米取引か……」

「蔵米、現物米の裏づけなしに空米を取引して、帳簿上の決済をする。これなら神崎屋の信用があれば、米や金はなく、ただ取引だけが行われる。神崎屋の空米切手で、相場があがると読んで例えば大名家の空米切手を買う。相場があがったところでそれを売り払い、神崎屋の空米切手を買い戻せば、値あがり分が自分の懐に入る仕組だ。米をかついで運び出さなくともよい。充助ひとりでもできる。

読みどおりにいけばの話だが」

二人は南槙町をすぎ、桶町、南大工町、南鍛冶町へととっていた。

やがて、五郎兵衛町の鍛冶橋を渡って鍛冶橋御門を抜け、今度は北へ、濠の城壁に沿って北町奉行所へ戻る往来をたどった。

「九十九も知っているだろうが、空米取引は享保のころ公認された。米の裏づけはなくとも、取引ができるようになった」

「空米取引は知っている。取引が盛んになり米相場があがれば、扶持米暮らしの武士の暮らしは大いに助かるし、世間の景気もよくなり、民の暮らしもよくなる。しかし、景気がよくなって諸色があがっては民の暮らしは困るから、商人の組仲間結成を奨励し、諸色があがらぬようお上が監視する。それが大岡越前さまの目ろまれた施策だ。諸色の根本になる米の値はあがっても、諸色はあがらぬ。夢のようなくわだてだ。夢だったがな」

「それ自体は不正とは言えぬ。大名の蔵屋敷で空米切手は取引されているし、米問屋でも正米切手とともに空米切手がふり出されていると聞く。空米取引の米会所を開く動きも出ているそうだ。だがな、神崎屋では空米切手のふり出しを禁じているのだ。空米切手は蔵米がなくても商いの元手を調達できる利点はあるが、不測の事態が起こったときの損失が大きい。裏づけになる米が災難に遭って手に入らなかったり、相場が取引した値より大きく上がり下がりして損を出すとかな」

「確かに、あやうさはある」

「神崎屋の主人は、手代らに正米取引以外に手を出してはならぬと、厳重に戒めていた。不審に思った神崎屋は、詳しく調べさせた。するとやはり、充助が空米取引に手を出していたのがわかった。どうやら、充助は空米取引で三度損を出し、その目だたぬ小口の取引先の米で損失を補ってきたらしい。そこへ、充助の消息を大宮郷の小鹿野村に訪ねにいかせた店の者が戻り、充助は郷里に戻っていないのがわかった。もう間違いない。空米取引の損失隠しが露顕するのはさけられないので、女房と子を連れ欠け落ちした。そうとしか考えられない。ならばいたし方なしと、神崎屋は奉行所に訴え出た」

「損失はどれほどだったのだ」

「銀に換算して十七、八貫ほどだったようだ。だが、神崎屋によれば、お店の商いに障りがあるほどの額ではないし、本人が出てきて、事情を明らかにし詫びを入れれば、世間体もあるので表沙汰にせず内々で始末をつける腹だった。充助はこれまで生真面目(きまじめ)に奉公してきたし、手代としては有能な男だった。つい出来心で空米取引に手を出し、損失をとり戻そうと焦って繰りかえしてしまったのだろう。本人次第では、もう一度奉公を続けさせてやってもいいと思っていた。惜しい男です、と当番与力には言ったそうだぞ」

北町奉行所の表門が再び見えてきた。

朝の光が、往来に白い光を落としてきた。

もう五ツはとうにすぎているのに、橘はのどかに歩みながら続けた。

「九十九は、お玉の両親は江戸で何かわけがあって、お玉を連れて郷里へ逃げたのではないか。その途中の青梅宿で、江戸からの追手に追いつかれ襲われたと推量しているのだな」

「そのわけが、空米取引に損失を出したことだとすれば、筋が通るな」

「ということは、充助夫婦を襲った追手は誰だ」

「つまり、空米取引には仲間がいなければならぬな」

「九十九の推量どおり、青梅宿で襲われたお玉の両親が充助とお紺だとする。仲間から逃げるために江戸を出たが、青梅宿で追いつかれた。仲間と空米取引をやって儲けた金を山分けするはずだったのが、損失を出して仲間からひどく恨まれた。それで命まで奪われた。しかし、少し妙ではないか。損失を出して逃げた充助を、そこまでして追いかけ命を奪うか。損失はとりかえせないのに、ただ恨みをはらすためだけに、そんなことをするのか。よほどの恨みだな。充助と女房のみならず、四歳のお玉まで狙うほどの恨みとは」

「仲間も同じような立場の手代で、充助に誘われて空米取引に手を出し、同じように損を出したのだ。おまえのせいで身の破滅だと恨まれたとか……待てよ」

　そのとき、九十郎の脳裡をひらめきが走った。

　これは違うぞ、と思った。

「金は、あったのだ」

　思わず声を出し、往来を通りかかった侍がふりかえった。

「わたしも、そう思う」

　橘が九十郎にかえした。

「充助が空米取引で損失を出したとは、限らない」

そう言うと、橘は「ああ、限らぬ」と繰りかえした。

二人は顔を見合わせ、頷き合った。九十郎は言った。

「充助は、空米取引で大きな儲けを出したのか。これまで自分が手にしたことのないほどの大きな儲けだ。仲間がいた。おそらく、仲間が気の小さい充助を、自分は表には出ず裏から操っていた。その仲間が、充助を空米取引に誘いこんだ。裏稼業の者ではなく、充助の立場なら空米取引ができると知っていた同業者だ。その者が充助の空米取引ができるよう段どりを整え、指図した。ところが充助は大金に目がくらんで、独り占めにすることを目(もく)ろんだ。充助は、指図していた仲間から逃走を謀(はか)ったのだ。仲間を指図するほどの立場だったなら、こそこそと逃げるような手だてをとるはずがない。仲間は無頼な者らを雇い、あるいは手下を使い、金をとり戻すために充助を追いかけ、青梅宿で追剝ぎに見せかけて襲った。一体、どういう仲間だ。無頼な者らとかかわりがあり、しかも裏稼業の者でもない……」

「仲間は、同業者や裏稼業にも通じている何人(なんぴと)かではないか」

「もっともだ。二人、三人、もっと仲間がいたとも考えられる」

「よし。わたしはここ最近、空米取引で大きく変動した相場があったかどうかを調べさせる。それから、道中奉行に青梅宿の一件の報告が届いているかもしれない。これも確かめるべきだ。この一件、当番与力にすぐ動くように命じておく」

「頼む」

廻り方の同心が、挟み箱をかついだ中間を率いて北町奉行所の表門を出て、見廻りに出かけていくのが見えた。不意に、

「そうか……」

と、九十郎は呟いた。

「青梅宿でお玉の両親を襲った仲間が、とり逃したお玉をさらうため馬喰町で再び襲った。つまり、仲間は充助が独り占めを謀った金を、奪いかえすことができなかったからだ。仲間は充助から金をまだとり戻してはいない」

「そうだな。おそらく、いや、間違いなくそうだ。仲間は金を手に入れていない。ということは、九十九、これはまずいぞ」

橘は言った。

「まずい。お玉がまた狙われる。何も知らずにお玉を匿ったおまさもだ」

昨日は、ただぼんやりとわけありと感じただけだった。だが、これではっきりした。充助は空米取引で儲けた金をどこかに隠し、お玉が隠し場所を知っているのだとしたら。だから昨日、馬喰町でおまさとお玉が襲われたのか。

しかし、それは無理だ。四歳のお玉が金の隠し場所など、知っているはずがないのだ。

ならば、充助は金をどこに隠した。お玉は何を知っている……

六

障子戸が両開きに開かれた出格子窓の外に、町家の甍が連綿と折り重なって、家々の上に昨日と同じ霞を帯びた青空が広がっていた。

初音の馬場のほうには、郡代屋敷の物見の櫓がそびえている。

お玉には昼間、斗右衛門の若い衆が子守役についている。昨日のことがあって、お玉をひとりにしないように、斗右衛門に若い衆の子守役を頼んだ。

斗右衛門は不審を隠さなかったが、おまさのわけありな様子を気遣い、事情を詳しく訊ねることなく子守役をつけてくれた。

お玉は今、子守役に連れられ斗右衛門の店へいっている。

旅人宿の初音屋の部屋には、薄化粧を済ませ、青紬を隙（すき）なく着けたおまさが端座し、九十郎とその後ろに控える格好で着座している藤五郎が向き合っていた。

おまさはだいぶ前から、英之介の手紙へじっと目を落としていた。

昼さがりの明るみが、疲れて青褪（あおざ）めてはいるけれど、おまさのしっとりと潤んだ滑らかな肌を映し、長い指先がゆるやかに開いていく手紙の文面を、白々と照らしていた。

おまさは殆（ほとん）ど動かなかった。手元に手紙がなければ、おき物の像のように見える静けさをその姿に漂わせていた。

九十郎は、おまさが泣くのではないかと思っていた。

だが、おまさは父親の克己に託（ことづ）かった言葉を伝えたときも、わずかに目を潤（うる）ませ、白い頰を薄らと朱に染めただけで、静かに頷（うなず）き、むしろ微笑（ほほえ）みさえ見せた。

そしておまさは、英之介の手紙を読み始めたのだった。

おまさをとり囲む気配がいっそう静まりかえっていく様子に、九十郎は、夜明け前の雪のうた坂をくだっていくひとりの女の面影を見る気がした。

その雪の朝から七年、厳しい修羅の渡世をくぐり抜けてきたに違いないおまさの性根が感じられた。

おまさは、自分の情を抑え、自分を表に出さぬ生き方を身につけていた。七年の流浪の歳月が、おまさをそんなふうに鍛えあげたのだと、九十郎は思った。

そのとき、おまさが顔をあげ、九十郎の思いを破った。おまさの目は赤く潤んでいた。だが、二度と泣きはせぬというふうに、

「九十九さん、藤五郎さん、ありがとうございました」

と、再び微笑んで見せたのだった。

ほかには何も言わず、江戸へきた用がやっと済みました、と言いたげな寂しげな笑みを絶やさなかった。

「おまささん、これでよろしいのですか。仰っていただければ、喜んで結木家に使いをいたしますが」

「十分でございます。九十九さんと藤五郎さんのお陰で、父母にも兄にも会えた

ような気がします。晴れ晴れとした気分です。これでいかがわしい女壺ふりのおまさが、結木家に要らざる迷惑をかける心配もなくなりました。心残りなく、旅に出ることができます」

「また旅に、出られるのですか」

「行方定めぬしがない旅人渡世ですから。斗右衛門親分に引き止められ、思っていた以上に長々と世話になってしまいました。今夜ひと晩、本所の賭場のお勤めを果たし、できれば明日朝には旅に出ようかと」

「慌ただしいですな。どちらへ？」

「上州の桐生へいこうかと、思っています。桐生の貸元が、前から呼んでくださっているので。けれど、その前にお玉を秩父の祖父母のところへ、連れていってやらなければなりません」

「英之介どのは、お玉はあなたの子ではと、気にかけておられた。もしそうなら、ご自分にもできる事があるのではないかと、思っておられるのです。英之介どのは兄として、妹を守ってやれなかったとも」

「兄さんらしい。とっくに死んだ妹をまだ気にかけて……」

おまさは巻き戻した手紙を、大事そうに両掌に包んだ。

九十郎は、ひと息吐いて言った。

「今朝、北町奉行所の橘左近に会ってきました。おまささんの手紙を結木克己どのにお届けした事情を橘にも知らせておくためでした。それと今ひとつ、お玉をさらおうとした昨日の男らの事が腑に落ちなかったので、ついでに奉行所にも青梅宿の一件の事情がもたらされていまいかと、確かめたのです。お玉は青梅宿で賊に襲われた両親と、江戸で暮らしていたのでしたな」

「何か、わかったんですか」

「お玉の父親は充助、母親はお紺。若松町の寛右衛門店が住まいです。おそらく、間違いありません。充助は伊勢町の下り米問屋の神崎屋の手代です」

「そうです。父親は充助、母親はお紺です」

「知っておられたのですか。では寛右衛門店も？」

「いえ。両親の名前だけです。それもお玉を預かることになって、江戸へきてからお玉と両親の住んでいた店がわからず途方に暮れていたとき、お玉から聞かされたんです」

「両親の名前がわかれば、寛右衛門店を探しようがあったのではありませんか。事情を話して、町役人にお玉を任せることができたでしょうに。おまささん、昨日の男らと青梅宿の一件のかかわりに、何か心あたりがあるのでは？」

おまさは、しばし考えこんだ。やがて、部屋の隅の手行李から小さな紙包みをとり出し、九十郎の前においた。

「これを、お玉からわたされたんです。誰にも言ってはいけない、わたしにだけわたすようにと、父親がお玉の懐に入れたそうです。そのあと、お玉の両親は賊に襲われ……」

と、紙包みを解いた。走り書きの筆文字が包みに読め、十枚の小判が出てきた。

藤五郎がのぞき、「旦那、こりゃあ」と目を瞠った。

「お玉の祖父母の村だ。お玉の父親は、賊に襲われる前にお玉だけを逃がし、おまささんに託したのですな」

「そうだと思います。これで、お玉の両親がただの追剝ぎに襲われたんじゃなく、わけありなのはわかりました。でも、困るじゃありませんか。お玉の両親とは言葉も交わしていないんです。そんなわけありに、赤の他人のわたしがかかわりたくありませんから、放っておいたんです」

「かかわりたくないのに、これも何かの縁だということで、お玉を秩父の村まで連れていくのでしょう。たぶん、昨日の男らは、あなたがお玉を連れているのが、ただの縁だと思ってはいないのですよ」

「そうかもしれませんね。でも、向こうがどう思おうと、そうなんだから仕方がありませんね。じつは、昨日お玉をさらった男は、青梅宿で両親を襲った賊のひとりだったんです」

「お玉を抱えて逃げてきたあの男か」

「あの男ですよ。あのとき、引っ捕まえておきゃあよかったんですね。くそ、惜しいことをしたぜ」

藤五郎がひとりで悔しがった。

「九十九さん、お玉の父親のわけありって、なんですか」

「充助は、仲間の金を持ち逃げして追われていたようですな。その金は……」

と、九十郎が話し始めてから話し終えるまでの間、おまさは目を伏せ、じっと聞き入った。

話を聞き終えると、おまさはその広く艶やかな額に指先をあてがい、悩ましげに首をかしげた。

「事情がわかったところで、大して役にはたてません。だが、あの男らがお玉とおまささんを、また襲ってくるのは間違いない。江戸にいてはあなたがたの身があぶない。一刻も早く江戸を去るべきだと、思われますがな」

「馬鹿ばかしい。この春四歳になったばかりのお玉に、お金の隠し場所なんか、わかるはずがないじゃありませんか。お金はきっと、お玉の両親があの世に一緒に持っていっちゃったんですよ。ああ、本当に馬鹿げてる」

おまさは、ため息まじりに言った。

「金に目のくらんだ者には、おのれの愚かさが見えないのです。お玉の父親もそうだったのでしょうな。その挙句が、自分の身のみならず、女房を死なせ、娘の命まであやうくしている。確かに馬鹿げているが、それが実事なら、実事から目をそらすわけにはいきません。そこで、おまささんがよければ、お玉をわたしが預かり、橘に相談して一件が落着するまで安全な場所に匿い、そののち秩父の祖父母の元へ連れていくか、あるいは里親に託すという手もありますぞ。ひとりになれば、おまささんは身軽に旅ができる」

おまさは沈黙した。顔を窓の外へ投げ、綺麗な横顔を見せた。玉結びに結った髪の生えぎわから、綺麗な広い額がくっきりとした細い眉まで続いていた。

「そうですね。そのほうがお玉の身も無事でしょうし、わたしみたいな渡世人は、子供の母親は務まりませんからね」

おまさは、横顔のまま言った。

「明日朝、九十九さんのお店へお玉を連れてうかがいます。お玉のことを、よろしくお頼みします」

「承知しました」

とそのとき、九十郎は戸惑いを覚えた。おまさが九十郎へ向きなおり、言葉にならぬほどの寂しげな笑みを浮かべたからだった。

おまさの笑みが九十郎の胸に刺さった。笑みを浮かべているのに、目が潤んでいるように見えたのは、老視の所為かもしれなかった。しかし、
なるほど、そういうことか……

と、九十郎はなんでもない事のように気づいた。

「旦那の店がわからなきゃあ、お兼新道の湯屋を訪ねてきていただけりゃあ、あっしがご案内いたしやす」

藤五郎が、無粋に言った。


同じころ、ふり分け髪をなびかせ、赤い袖なしの裾をひらめかせてお玉が寛右衛門店の路地を駆けた。ここだ、あのお店だ、とお玉は父ちゃんと母ちゃんの三人で住んでいた店を思い出していた。

「お玉、勝手に遠くへいくんじゃねえ」

と、斗右衛門親分の若い衆の実吉が追いかけて、どぶ板を鳴らした。

路地の中ほどにある井戸端にいた住人のおかみさんたちがお玉を見つけ、中にいた隣のお照おばさんが、「おや、お玉ちゃん」と呼び止め、走り寄ってきた。

「帰ってきたのかい。父ちゃんと母ちゃんは？　先だって、お役人がお店を調べにきたけど、何かあったのかい」

お照さんが、ひどく気がかりな顔つきを見せた。

お玉はお照さんを見あげて、懸命に言った。

「おばちゃん、あたしね、急いでるの。父ちゃんにここへきちゃいけないって言われていたんだけど、忘れ物があるの。だからこっそりとりにきたの。内緒にしててね。すぐ戻らないといけないから、次にきたとき、お話ししてあげるからね」

「早くしねえか、お玉」

実吉が追いついて、今度はお玉を急かせた。

お照おばさんは、着流しのあまり見かけない若い衆が小さなお玉のそばにきて、荒っぽい言葉つきで言ったから、ちょっと驚いてそれ以上は質さなかった。

若い衆から目をそらし、不審そうに井戸端へ戻った。

自分ちの店の前にきたお玉は、「戸を開けてちょうだい」と、あとからきた実吉に言った。

「ここかい」

「そうだよ。ここだよ」

実吉は易々と板戸を開けて、腰高障子を音をたてて引いた。店の中は真っ暗だった。押し入れのような臭いがした。

「ここで待ってるから、さっさととってきな」

実吉が戸口の壁に手をかけ、凭れかけて言った。

「うん。見ててね」

お玉は暗いのがちょっと恐かった。

けれど、我慢して店の中に走りこんだ。

暗いのに目が慣れると、部屋や竈のある台所のほうが、なんだかひどく荒れ果てた感じがした。

町内の犬か野良猫がどこかから忍びこんで、荒らし廻ったみたいな様子だった。

どうしたんだろう、と思ったときだった。すぐ後ろの表戸のところで、

「おう、おめえ、斗右衛門とこの若い衆かい」

と、聞き慣れない男の声がした。

お玉がふり向くと、路地に射すまぶしいほどの日射しが、三人の男を照らしていた。男らは表戸の実吉をとり巻いた。

「へい、そ、そうでやす」

実吉が、背中を丸めてぺこぺこしていた。

なんだか、三人をひどく恐がっているみたいだった。

ひとりは、着流しに黒羽織の町方だった。あとの二人は、尻端折り(しりっぱしょ)りに黒の股(もも)引(ひき)の町方の手下のようだった。

三人が若い衆からお玉へ顔をねじ向け、薄気味悪く笑いかけた。

「よう、お玉」

手下のひとりが言った。

足がすくんだ。男の顔に見覚えがあった。青梅宿の宿で、お玉を追いかけておまさちゃんの部屋にきたあの恐ろしい男だった。

そして昨日、馬喰町の小路でお玉をいきなり抱きあげたのも、この男だった。

「おまさちゃん……」

と、お玉は小さな声で助けを呼んだ。

其の四　北へ

一

おまさは、女渡世人となって足かけ八年を生きのびた。

うた坂の屋敷を出たときから、おまさは生まれ変わって生きる決意をした。

ここで死ぬならもっと前に死んでいる。そう思って生き抜いた。

その夕刻、おまさは南本所石原町の碩雲寺（せきうんじ）の賭場（とば）にいた。

二度と江戸には戻らぬつもりだった。なのに、父親が病に臥（ふ）せっている知らせを聞き、矢も楯（たて）もたまらず江戸に戻ってきてしまった。

うた坂の屋敷まで戻ったけれど、中にはどうしても入ることはできなかった。

怖気づき、足がすくんだ。生きのびる代わりに捨てたときをとり戻せはしないと、身に染みただけだった。

それでも、父親に手紙をわたすことはできた。

父親の言葉を伝えられ、少しは負い目が晴れた。

これでいいのさ、これで本当に江戸は最後さ、と言い聞かせていた。

それから、短い間だったけれど、お玉との旅も終わる、とも言い聞かせた。やっかい払いができるのに、それを寂しく感じるのは辻褄が合わないが。

おまさは、二個の鹿角の骰子を壺笊に投げ入れた。くるくる、と骰子が音をたてた。盆茣蓙へ落とし、白く長い腕をのばして中盆との間の真ん中へ、押し出した。

「さあ、張った、張った。丁ないか、丁ないか……」

中盆の歯ぎれのよい声が張子をあおりたて、駒札が笑い声のような声をたてた。

「そろいました。勝負っ」

中盆が小気味よく命じた。

速やかに壺笊を引き、中盆の声が走る。

「しそうの半」

「おお……」

張子のどよめきが流れ、賭場の若い衆が駒札をかき集めていく。

おまさは、骰子を指先に挟みとった。

するとすぐ後ろに人の気配が近づき、ささやき声で言った。

「おまささん、斗右衛門親分が庫裡(くり)でお待ちでやす。ここはあっしが代わりやす。ちょいと顔を出してくだせえ」

後ろの男へ目を流し、冷ややかに質(ただ)した。

「今ですか？」

「へい。すぐにと」

諸肌(もろはだ)の着物をなおし、賭場のある僧房から廊下伝いに庫裡へ向かった。

日はもうとっぷりと暮れ、境内は宵闇(よいやみ)に包まれていた。

庫裡の板敷に炉があり、炉の金輪に大きな鉄瓶がかかっていた。僧らの姿はなく、斗右衛門と四人の手下が炉をとり巻いていた。

おまさが庫裡に入ると、手下らは炉の一方を開け、「こちらへ」と手を差した。

「お呼びと、うかがいました」

炉から少し間を開け、座についた。

「ふむ。おまささん、済まねえが、今すぐ草鞋を履いてくれるかい」

炉のわきで胡坐をかいた斗右衛門が、唐突に、甲高い声を押し殺して言った。

髱の大きな頭をおまさのほうへねじり、見開いた目を寄こした。

「お玉がな、連れていかれた」

「えっ」

と、斗右衛門の手下を見廻した。手下らはおまさへ向いているが、ひとりだけ顔を伏せていた。昼間、お玉を斗右衛門の店へともなっていった子守役の若い衆だった。おまさは、言葉につまった。

「実吉、おめえが話せ」

斗右衛門が子守役の実吉に言った。

実吉は「へい」、顔を伏せたまま面目なさそうに、昼間の出来事を話した。

「……何しろ相手は、北町の同心でやす。充助の娘のお玉に御用だ、御用に逆らうわけじゃあるめえなと睨まれ、どうしようもなくて」

「実吉さん、あんた、お玉をわたしたの」

「だって、あっしら、町方に御用と言われりゃあ、仕方がねえんですよ」

「柴六十次という北町の風烈昼夜廻りの同心だ。こいつが腐れでな。そういう町方と持ちつ持たれつで、おれらの稼業は成りたっている。町方には逆らえねえんだよ。で、お玉の親が柴の旦那(だんな)になんぞやらかしたらしい。何をやらかしたかおれは知らねえし、知りたくもねえ。ただな、あのちびの親父が柴の旦那とかかわりがあったとは意外だったぜ。実吉、柴の旦那はどう言ったんだ」

「へい。柴の旦那の言うには、お玉の身のうえの事でおまささんと相談がしてえ、充助に預けている物をおまささんが持っているはずだ。そいつを大人しく戻してくれりゃあ、お玉の身のうえの相談に乗るつもりだと」

充助に預けている物を……

と、おまさは声には出さず腹の中で反復した。

斗右衛門と手下らは、探るような目つきでおまさを睨(にら)んでいる。

「今夜四ツ、柳橋の南詰(みなみづめ)の河岸場(かしば)に迎えをやる。遅れるな。必ず、充助に預けた物を持ってこいと、念を押されやした」

実吉が言った。

「そういうことだ、おまささん。おれはな、両国と本所界隈(かいわい)の常浚いの請け人を許され、一方では、江戸の貸元で名が通っている身だ。どういう腐れ役人だろうと、稼業柄、上手くつき合っていかなきゃならねえ。腐れ役人相手に、もめ事やごたごたは困る。だから、おれはこれ以上、おまささんにかかずらうわけにはいかねえのさ。わかるだろう。おい」

斗右衛門が手下のひとりへ、肉づきのいい顎(あご)をしゃくった。

手下がおまさのそばにきて、「親分からでやす」と、白い紙包みを二つ、おまさの膝の前においた。

「ひとつは今日までの礼と、もうひとつは旅の餞別(せんべつ)だ。おれの気持ちだから、とっといてくれ」

おまさは黙って頷(うなず)いた。

「ただし、おまささんが柴の旦那と相談するかどうかは、おれの知ったこっちゃねえ。こっちは伝えろと言われたことを伝え、おまささんに草鞋を履いてもらう。こっちのやることは、ここまでだ。何があってお玉を預かったかは知らねえし、お玉のために柳橋の河岸場へいくかいかねえかは、おまささんの決めることだ。

あんたの思うとおりにしたらいいのさ」

「斗右衛門親分、お世話になりました。ご厚意、ありがたく頂戴いたします。ではわたしはこのまま、草鞋を履かせていただきます」

おまさは紙包みを頂戴し、懐に差し入れた。

「おまささん、どうするんだい」

知ったこっちゃねえと言いながら、斗右衛門は気になるふうだった。

おまさはにっこりとした。

「仕方がありませんね。お玉とは縁ですから」

「そうかい。縁かい。柴の旦那は相当柄が悪い。たぶん、相談するにしても、深川あたりの物騒なやつらをだいぶ連れてくるだろう。おれなら、そういう相談へはいかねえ。お玉とどんな縁があってもだ。所詮、赤の他人の子じゃねえか。誰ぞ、頼りになる助っ人でもいれば、話は別だがな」

それから半刻余がすぎた夜五ツ半近く、九十郎の店の表戸が音高く叩かれた。

「旦那、藤五郎でやす。旦那、おりてきてくだせえ」

二階にいた九十郎は、行灯（あんどん）の明かりを頼りに文机（ふづくえ）に向かっていた。老視の眼鏡をはずし、そろそろ寝るか、と伸びをしたところに、表の戸が叩かれ藤五郎の声が聞こえたのだった。

「旦那。おまささんもいらっしゃいやす」

九十郎が階段をおりるより先に、まだ台所で仕事をしていたお七が表に出て、戸を開ける音が聞こえた。

「今晩は、藤五郎さん」

「お七、夜分済まねえ。旦那に急な用ができた。一刻の猶予もならねえ。呼んでくれるかい。二階に明かりがついてる」

「はい。旦那さまはまだ起きていらっしゃいます。お呼びします」

「どうした」

と、九十郎が寄りつきの三畳間へ入ったとき、表戸のお七と藤五郎が九十郎へ向いたその後ろの暗がりに、人影が佇（たたず）んでいるのを認めた。

おまさか？ と訝（いぶか）ったのは、人影が夜目にも菅笠（すげがさ）をかぶって、引廻（ひきまわ）し合羽（かっぱ）をぐるりと羽織り、股引脚絆（ももひききゃはん）と草鞋履きの男装に思われたからだった。

「旦那、おまささんが見えられやした」

藤五郎が言い、おまさへ手丸提灯を向け、

「おまささん」

と、暗がりへ呼びかけた。

縞の引き廻し合羽が、提灯の火にうす明るく照らし出された。

戸の陰からのぞいたお七が、「あっ」と、驚きの声をもらした。

男装の旅人姿が、女だとわかったからだ。

中背の藤五郎と同じほどの背丈の人影が、足音もなく土間に入ってきた。

「おまささん、どうしました」

九十郎は寄りつきの上がり端まで進み、訊いた。

おまさは菅笠を持ちあげ、九十郎を見あげた。

賭場の化粧のままきたらしく、脂粉の香りが周りに漂い、白粉顔にくっきりと刷いた眉墨と、赤い紅を塗った唇が艶やかだった。

「お玉が連れ去られました。お玉の父親の、充助のわけありの相手がようやくわかりました。柴六十次という、北町の風烈昼夜廻りの同心だそうです。充助に預けた物を、わたしが持っていると思っています。それとお玉を、交換する腹なのだと思われます。ここにお金があります」

おまさは、合羽の下の背に背負っていた手行李の荷をおろし、九十郎の足下へおいた。

「手持ちの金全部とお玉にわたされた十両、合わせて三十五両と少々あります。これで全部です。向こうが勝手に何を思おうと、ほかに金はありません。これでお玉をとり戻せるよう、かけ合いを頼みたいのです。仕舞屋さんを雇いたい」

九十郎を見あげる目が、曇りなくくっきりと澄んでいた。

「承知」

と、即座にこたえた。

「場所はどこですか。まさか八丁堀では……」

おまさは九十郎を見つめ、頷いた。

「四ツに柳橋南詰の河岸場に迎えがくるそうです。斗右衛門親分に、柴六十次は相当の悪と聞きました。手下や助っ人を率いてくると思われます」

「心得た。相手がどう出てくるかわからないが、こちらも人手がほしい。藤五郎、人を集めているときがない。いけるか」

「も、も、もちろん、そのつもりでやす。あ、あっしもお供しやすぜ」

藤五郎が言い、喉を鳴らした。

「よかろう。すぐに支度をする」

九十郎は二階へあがり、慌ただしく支度を調えた。二刀を腰に帯び、文机の老視の眼鏡をつけた。それから、菅笠をかぶり、押し入れから木刀をとり出した。

「お七、出かける。戻りは遅くなると思う。おまえは寝ていなさい」

寄りつきまで見送りに出たお七に言った。

「はい。いってらっしゃいませ」

お七が上がり端に手をついた。

外に出ると、丸い月が天空に白く輝き、小路に青白い光が降っていた。

「そうか。今宵は月夜だったか」

九十郎は菅笠の陰から夜空を見あげ、眼鏡をなおした。

「へい。この分だと、提灯がなくても済みそうですね」

「藤五郎、念のための用心だ。これを持て」

四つ目垣の木戸を出てから、木刀を藤五郎へ差し出した。

「合点だ。こいつがありゃあ百人力ですぜ」

藤五郎は手丸提灯の柄を咥え、木刀をつかんで腰に帯びた。そして小路をいきながら、よろけ縞の羽織の下の着物を尻端折りにした。

提灯をかざした藤五郎の後ろに九十郎、そして引廻し合羽のおまさが続いて、お兼新道を折れた。月光が、三人の影を人気の途絶えたお兼新道に落とした。

二

堤道に並ぶ船宿の看板行灯の明かりが、柳橋の河岸場を薄く照らしていた。

柳橋を渡る人影はなく、遠くで座頭の呼び笛が寂しく聞こえた。

大川のほうから柳橋をくぐり抜けたその猪牙には、艫の船頭のほかに、舳に二つの姿が見え、ひとりが提灯をかざしていた。

河岸場の歩みの板には、おまさ、九十郎、藤五郎が並んで、櫓の音を軋ませ近づいてくる猪牙を見守っていた。船頭も、舳の二人も目深に手拭で頬かむりをしていたが、艀のひとりには見覚えがあった。

「艀のひとりは、馬喰町でお玉をさらって逃げた男ですな。わたしが倒してお玉を奪いかえしましたから、見覚えがあります」

九十郎は艀の造六から目を離さず、おまさに言った。

おまさは黙って船を見つめている。

艀の造六と提灯を提げた庄助は、おまさがひとりではないことを訝しんで、顔を見合わせた。造六は、九十郎と藤五郎へ険しい眼差しを寄こした。

九十郎に気づき、うん？　と首をかしげた。

船頭が櫓を棹に持ち替え、歩みの板へゆっくりと近づけた。

船縁が杭に触れて、くすんだ音をたてた。

「おまさか」

造六が、艀から歩みの板の端に佇むおまさを見あげて言った。

「お玉をもらいにきた。無事だろうね」

「いい子にしてるぜ。可愛いがきに手をかける気はねえ。おめえ次第だがな。預けた物は、ちゃんと持ってきたかい」

　おまさはそれにはこたえず、

「お玉を少しでも疵つけたら、真っ先におまえの腕を斬り落としてやるから、覚悟しときな」

　と、菅笠の下から言った。

　造六は苦笑いを浮かべ、隣の庄助の眼差しがいっそう険しくなった。

「その男らはなんだ。用があるのはおめえひとりだぜ」

　おまさが言いかけるのを制するように、九十郎が先に言った。

「預けた物の隠し場所はわたしが知っている。お玉を無事かえせば、それを教えてやる。そのためにきたのだ。この男はわたしの相棒だ。われらがいかねば、隠し場所はわからぬぞ」

　おまさの菅笠がわずかにゆれた。

　藤五郎は言葉を呑みこみ、平然とした素ぶりで頷いて見せた。

「隠し場所だと？　じゃあ、おまさ、おめえは持ってねえのかい」

「隠し場所がわかれば、同じだろう。それを明かしてやると言っているのだ」

　九十郎が言った。

「ふざけんな。物は充助の郷里の、秩父の山中に隠してありますなんぞと、とぼけたことをぬかしやがると話にならねえんだぜ」

造六は押し殺した声を響かせた。

「心配するな。江戸にある。すぐに手に入る」

造六は戸惑い、顔をしかめた。

「親分、どうしやす」

庄助が訊いた。造六は迷っているふうだったが、ちっ、と舌を鳴らし、

「しょうがねえ。乗れ」

と、いまいましげに言った。

猪牙は柳橋をくぐり、神田川から大川へ漕ぎ出た。

舳の板子に提灯をかざした庄助、表船梁と胴船梁の間のさな（船底）に縞の引廻し合羽に身をくるんだおまさが片膝立ちに坐った。

九十郎は胴船梁、胴船梁と艫船梁の間に藤五郎、艫船梁には造六が腰かけた。

東の高い夜空に月がかかっていた。

月を映した川面はなめらかで、猪牙は深い沈黙に覆われた大川をすべってゆく。

おまさの後ろ姿は微動だにせず、静まりかえっていた。

「青紬のおまさになる前、違う名で八州の喧嘩場を渡り歩く腕利きの女渡世人だった噂が聞けました。そうなのですか」

九十郎は、ふと、おまさの背中に訊ねた。

おまさはこたえず、やはり動かなかった。

紬の庄助が九十郎へ首をひねったが、すぐに月光の降る大川へ向きなおった。

七年の歳月が、おまさをこのように鍛えたのか、と考えた。

やがて、川風がなでるように、耳元で震えるようにおまさはささやいた。

「喧嘩場にいますとね、自分を忘れられるんです。喧嘩場で人を斬るのに、すぐ慣れました。これまで喧嘩場で、かすり疵ひとつ負ったことはありません。喧嘩場で見知らぬ相手のかえり血を何度も浴びているうち、結木家の雅が消えて、ただの人斬りになっていくのがわかりました」

「お玉はおまささんを、母親のように慕っている。おまささんの情が、お玉に伝わっているのでしょう。ただの人斬りではないからですよ」

「いいえ。お玉は青梅宿でわたしがしたことを見ているんです。お玉の見ている前でわたしは人を斬りました。お玉はわたしの正体を知っています」

「なるほど。やはりおまささんは、青梅宿で逃げてきたお玉を、ただ匿っただけではなかったんですな」

　おまさの背中は再び沈黙した。櫓の軋みが静寂を妨げた。

　だが、短い沈黙ののち、おまさのささやき声がまた聞こえた。

「うた坂の屋敷を出てから北へ旅をして、野州の木賃宿の端女をしていたときでした。端女の仕事は、一日中薪割りをし、宿の風呂焚きでした。薪割りの仕事はちっとも苦じゃなかった。力は男に負けなかったし、薪割りをしていれば寂しさや悲しみを忘れましたから。その木賃宿で、賭場が開かれていたんです。女のわたしの仕事ぶりに感心した宿の亭主が、おまえなら荒っぽい男衆にも負けないからと、賭場の仕事も手伝わされたんです。賭場の手伝いをしているうちに、骰子博奕の決まり事を覚えました。ある日、その賭場で喧嘩がありましてね。縄張り争いがあって、客だった土地の顔利きが狙われたんです。賭場に押しこんだ賊に顔利きが目の前で斬られそうになって、そのとき、顔利きを助けたんです。何も考えずに、つい身体が動いてしまいましてね。凶状持ちになったわけじゃありませんが、顔利きを助けたことで喧嘩相手に恨まれ、目をつけられているから逃げたほうが身のためだと顔利きが添状をくれました。上州の貸元を頼っていったのが、この世界にどっぷりとつかるきっかけでした」

「おまささんの青紬は、婚礼衣装のひとつだったそうですな。なぜ、その青紬だったのですか」

「父がわたしを斬らずに、去れ、と言ったとき、自害をせよと言われた気がしたんです。あのときわたしは、死ぬ気でした。でも、死ねなかった。面目は施せなくとも、命に未練がありました。あんな男のために、死ぬのはいやだってね」

「あんな男とは、旗本の倅ですか」

おまさはこたえず、ただ続けた。

「婚礼衣装の中で、ふと、青紬が目についたんです。青紬を着けて、自分が違う人間になれる気がしました。人を愛おしいとか恋しいとか、二度と思わないと、青紬を着けたとき決めたんです。負い目と後悔を背負って、生きると決めたんですよ。それだけです。ほかにわけなんてありません。でも、婚礼衣装の青紬は、喧嘩場でわたしの代わりに疵だらけになってくれました。もう三枚目です。今の青紬は前橋の古着屋で買った物です。壺ふり稼業を始めてから、青紬で賭場に出たのが妙に評判になって、あっちの貸元こっちの貸元とお呼びがかかり、やめられなくなってしまいましてね」

無理もない。おまささんに青紬は映える。あなたは綺麗だ。とても……

九十郎は声には出さず、おまさの背中に言った。

猪牙は新大橋の大きな橋脚の間を通り、深川の小名木川へと進路を変えた。

小名木川へ漕ぎ入り、すぐに万年橋をくぐった。

北側に大名屋敷の土塀がつらなり、右手の南側は海辺大工町の船寄場が続いている。すでに眠りについた町に、明かりは見えなかった。庄助のかざす提灯の明かりの中を、船寄場につながれた幾艘もの船影が流れてゆく。

やがて、高橋の橋桁をくぐって高橋組下組をすぎたところから、猪牙は大きな弧のような波を小名木川の水面に描いて、南側の幅四間ほどの入り堀へ入っていった。

入り堀は高橋組下組の町家と武家屋敷の土塀の境を抜け、その先に薄墨色の月明かりに染まった船溜りが見えた。

船溜りを四角く囲んだ船寄場に、船がつらなって眠っている。櫓の苦しげな軋みが、船溜りの静寂を破っていた。

月明かりがぬめるような水面に落ち、猪牙はそのぬめりを乱していく。

「ここは銚子浜の船が入る干鰯場(ほしかば)でやす。市のたつ昼間は賑やかなんですがね」

藤五郎が九十郎の後ろで、声をひそめて言った。

「干鰯場か。確かに臭うな」

「あれですかね」

その船溜りのちょうど中ほどに、屋根船が浮かんでいた。

艫に船頭らしき人影が、棹をつかんでうずくまっている。頬かむりの黒い影の中に、煙管(キセル)の小さな火が浮かんで消えた。

屋根船は前後に引違いの、左右に三枚の障子戸をたてた箱造日除船(はこづくりひよけふね)で、障子戸に中の行灯(あんどん)の火と人影が映っていた。

艫船梁(ともふなばり)の造六が立ちあがり、猪牙がゆれた。

船頭は櫓を棹に持ち替え、舳と艫を反対に屋根船に音もなく横づけした。

二艘の船縁がこすれ、人影が動いた。

造六が船縁に片足を乗せ、身をかがめて障子戸の陰に低い声をかけた。

「旦那、連れてきやした」

わずかに開いた障子戸の隙間から、目だけが九十郎をのぞいた。

「おまさひとりじゃねえな。そいつは誰だ」

声が言った。

「それが……」

造六が中の男にささやきかけた。「へい」「いえ……で」と交わした。

「よし。おめえら、艫のほうから入れ」

そう言い捨て、造六は屋根船の舳のほうへあがった。

艫の船頭が屈強な体軀を起こし、艫船梁の板子にあがった九十郎らに、入れ、というふうに艫屋根のほうを顎で指した。

艫屋根の下の引違いの障子戸を開けると、一丈余と七、八尺の莫蓙を敷いた部屋の舳側の障子戸を背に、黒羽織の町方と羽二重の紺羽織をきた男が並んで着座していた。

町方の黒羽織から、腰に帯びた二刀の柄と朱房の十手が見えている。

二人の後ろに控えた造六が、九十郎らを睨んでいた。

四十すぎと思われる町方と三十代半ばごろのもうひとりは、今にも笑い出しそうなにやついた顔を、引廻し合羽の男装のおまさへ向けている。

艫側に二刀を帯びたままの九十郎とおまさが並び、藤五郎が後ろに控えた。

九十郎とおまさは菅笠をとって、膝の横においた。

藤五郎の後ろの艫屋根の下に、障子戸を開けたままにして庄助が、片膝立ちになって九十郎らの背後を押さえていた。

「おめえがおまさかい。なるほど。聞いていた以上の器量よしだ。その器量よしが諸肌脱いで骰子をふりゃあ、張子も駒札をはずむだろう。あは……」

「まったく、みな勝負そっちのけで、おまさばかり見てたね」

町方ともうひとりが、ねっとりと言った。

「お玉はどこにいるのさ。お玉がいないと相談にならないよ」

おまさが鋭く言いかえした。

「そう尖るな。ひと声かけりゃ、すぐくるぜ。それより、充助がおめえに預けた物を先にこっちへ戻してもらおうか。間違いねえと確かめなきゃあ、お玉はわたせねえぜ」

「金がほしいのだろう。金なら持ってきた。お玉を連れてこい」

「ほしいも何も、元々こっちのもんだ。それを戻せと言ってるだけだ。筋が通ってるだろう。おめえも渡世人の端くれのつもりなら、渡世人らしく筋を通せ」

「柴六十次さんか。風烈廻り昼夜廻りの町方だそうだな。名前を聞いても顔が思い浮かばなかったが、間違いなくあんたの顔は見かけた覚えがある」

九十郎は眼鏡をあげ、柴をじっくりと見つめた。

すると、柴ともうひとりが、おまさから九十郎へ顔をひねった。

「そうか。おれもどっかで見た爺さんだなと、思っていたんだ」

「そうだろう。北町奉行所で何度か顔を合わせたぞ」

「名前は、確か、つくだ、つくえ、違うな。つくつく……」

「九十九九十郎、でござる」

「そうだ、九十九九十郎だ。前は小人目付で、まれに徒目付と奉行所へ嗅ぎ廻りにきてた、御目付さまの犬だった」

「犬ではない。人だ」

「馬鹿野郎。小人目付なんぞ、まともな役人じゃねえ。お犬さまのほうがよっぽど性質がいいぜ。おめえと後ろの野郎は、おまさのなんだい」

あはは……

九十郎は思わず笑った。

「腐れ役人の柴さんから見れば、小人目付はまともに見えなかっただろう。われらはおまささんに雇われ、柴さんとのかけ合いにきた者だ。今は小人目付を辞めて、もめ事やごたごたを表沙汰(おもてざた)にならぬようもみ消す仕舞屋、という稼業を営んでおる。柴さんも、もめ事やごたごたを多く抱えていそうだ。いつでも相談に乗りますぞ」

「戯(ざ)れ言(ごと)はいいよ。それよりおまさ、肝心の物は大丈夫だろうね」

柴の隣の羽二重が言った。

「こちらはどなたですかな。今夜のかけ合いに、どのようなかかわりなので」

「かけ合いじゃないよ。預けた物をかえせばいいのさ。おまえたちの物じゃないだろう。人の物なんだよ」

「人の物とは、あんた方の物と言うのか。あんた方の物なら、なぜお玉の父親の充助に預けた。充助に預けなければならなかったのか。とも角あんたは何者だ。いかなる者かがわからぬと、かけ合いがやりづらい」

「ごちゃごちゃとうるさい爺さんだね。何をかけ合う気だい。耄碌してるんじゃないのかい。おまさ、なんとか言ったらどうだい」

「まあ、よかろう。この男は伊勢町の米問屋の神崎屋で、卸し方の番頭を務める雁助だ。わかったかい」

「そうか」

と、九十郎が膝を叩いた。

「なるほど。雁助さんが手代の充助に指図して、空米取引をやっていたのだな。柴さんと雁助さんが、空米取引の首謀者だったか。これで合点がいった。一介の手代の充助が、ひとりでできる事とは思えなかった。誰かが裏で糸を引いているはずだと思っていたのだ」

ふん、と雁助が鼻を鳴らした。

「馬鹿ばかしい」

「九十九、おめえ、油断がならねえな。そんなでたらめを誰から聞いた」

「でたらめか。まあいいだろう。こうやって顔を突き合わせた。隠していても意味がない。お教えしよう。北町のわが友の橘左近から聞いたのだ。橘左近は、むろんご存じだな」

「そう言えば、九十九は与力の橘左近さまの知己だったな」

雁助の顔が、見る見る青褪めた。

「お玉の両親は青梅宿で賊に襲われ、殺された。そのときの賊のひとりが、そこにいる柴さんの手先だ」

と、造六を指差した。

造六は顔を歪め、九十郎を睨んでいる。

「経緯は省きますぞ。青梅宿で殺されたお玉の父親は、充助という伊勢町の米問屋・神崎屋の手代で、じつはお店に無断で空米切手をふり出し、空米取引に手を染めた。その空米取引の損失を隠すために、お店が仕入れた米の不正な操作をやっていたのだ。充助は不正な操作がお店に今にばれると恐れ、女房のお紺と娘のお玉を連れて逃げた。神崎屋は充助が姿を消してから充助の空米取引を知り、北町奉行所に尋ね人の訴えを出した。しかし、神崎屋は充助の空米取引に仲間がいるかどうかをつかんでいないし、そもそも、青梅宿で充助お紺夫婦が殺されたこともつかんでいなかった。まあ、どちらも遠からず、発覚するだろうが。あんた方もそろそろ、潮どきではないか」

「わかった。知られていちゃあ、仕方がねえ。充助に空米取引をやらせていた。この雁助の指図でな」

「柴さん、何を言うんですか」

「雁助、ここで面を突き合わせているんだ。隠していてもしょうがねえだろう」

柴は雁助を軽くあしらった。

「空米取引でひと儲けしようと、話を持ちかけたのはおれだ。こう見えても、米の相場にはうるせえんだ。必ず儲かると、わかっていた。おれの言うとおりにやっていりゃあな。二度や三度の損はある。損したあとで、どんと儲けりゃあいいのさ。相場とはそうしたもんだ。ところがよ、目先のことでどいつもこいつもびくつきやがってよ」

「青梅宿で充助夫婦が賊に襲われ殺された。そのときおまささんに助けられたお玉が、今度は馬喰町で一昨日さらわれそうになった。どちらも、そちらの方が賊を手引きしていた。どちらもやり損いましたがな」

造六へ眼差しを向けると、造六は口元を歪め、顔をそむけた。

「それでわかった。充助夫婦は空米取引で損を出したのではなく、大儲けした。充助は大金に目がくらみ、仲間、すなわちあなた方を裏切り、大金を持って逃亡を謀ったが、あなた方に追われ、青梅宿で殺された。ところが夫婦は金を持っていなかった。充助は空米取引で大儲けした金をどこかに隠していた。手荒な事をし命を奪ったばっかりに、隠し場所がわからなくなった。四歳のお玉が、重くて持てるはずがない金額だった。そこで、充助に仲間がいたのではと勘繰り、おまささんが仲間ではと、疑っているのではないか」

「よかろう。九十九の話はもういい。だから、おまさ、どういう腹でこいつらを連れてきたんだ」

「だから、わたしらがおまささんに代わってあんた方とかけ合いをするのだ」

「うるせえ。かけ合いなんぞする気はねえ。盗んだ金を出せ」

「生憎(あいにく)、金はここにはない。あんた方の読みは間違っている。おまささんは充助から、何もわたされていない。充助の仲間ではないからな。おまささんは、青梅宿でたまたま充助親子と同じ宿に泊り合わせ、逃げてきたお玉を助けただけだ。あんた方はむやみに人を殺すから、それがわからなくなっているのだ」

「なんだと」

「だったら何しにきたんだい」

後ろの造六と雁助が声を甲走らせた。

「大きな声を出すんじゃねえ。するってえと何かい、九十九。おめえら、お玉を見殺しにする気なのかい」

「見殺しだと？　愚かな。柴、雁助、お玉を無事にかえせ。幼い童女をかどわかして、打ち首獄門になりたいのか。お玉が無事戻ってくれれば、仕舞屋の仕事は果たせる。それ以上の狙いはない。仕舞屋の仕事は終わる。あんた方も見逃してやる。この話は奉行所にも神崎屋にもしない。橘も神崎屋も、いずれ仲間が誰か気づくだろうが、今はまだあんた方だとは気づいていない。お玉を無事かえし、気づかれる前に金を持って逃げたらどうだ」

「わけのわからねえ老いぼれだぜ。だったら、さっさと金を出せ、金を。お玉をかえしてやるからよ」

「金はここにない」

「耄碌じい。何度ぬかしゃあ気が済む。馬鹿か」

柴が声を凄ませた。

「ここにはないが、隠し場所を教える。お玉を無事かえせば、隠し場所を教えてやる。物はすぐに手に入れられる。だから、お玉をここに連れてこい」

「ふざけた野郎だ。隠し場所を知ってるなら、なぜ持ってこなかった。九十九、嘘は盗人の基だぜ。それとも、地獄の獄卒に舌を抜かれてえか」

「腐れ役人のあんたが、盗人の基とは、笑わせる。嘘を言ってはいない。隠し場所を明かせば嘘ではないことがわかる。まずは、お玉だ。お玉の無事な姿を見るまで話は進まぬぞ。あんた方こそ、それでいいのか。このままだと、金は二度と手に入らぬのだぞ」

沈黙が屋根船を覆った。

柴と雁助は、九十郎から目を離さなかった。

行灯の火がかすかな音をたてて燃えている。

しかし、沈黙はおまさと藤五郎も同じだった。九十郎の言う隠し場所は、二人も知らなかった。

「よかろう。お玉を連れてくるように言え」

柴が後ろの造六に言った。

造六は、「へい」と立って舳へ出た。落とした声を猪牙の船頭にかけた。

月明かりが、船寄場のほうへいく猪牙をぼんやりと照らした。猪牙は、船寄場で人を幾人か乗せ戻ってくるのが見えた。

三

「だ、旦那、知ってんですかい」

藤五郎が、九十郎の背中にささやきかけた。

「何が」

「何がって、隠し場所のこってすよ」

「知らん。だが、あてはある」

「あ、あて？　それだけでやすか」

「それだけだ」

ひえ、と藤五郎が悲鳴を絞り出し、おまさが声もなく笑った。

九十郎と藤五郎のひそひそ声に気づき、雁助が不審そうな目を寄こした。

「なんだい」

と質したが、そこへ猪牙が再び横づけになって、舳の造六がふり分け髪のお玉を片腕に抱いて屋根の中に入ってきた。

「お玉っ」

「おまさちゃん」

「お玉、騒ぐんじゃねえ」

造六が太い声で脅した。

お玉は造六の片腕一本で抱えられ、べそをかきそうになるのを堪えた。

「お玉、大人しくしておいで。今助けてあげるからね」

おまさがお玉に声をかけると、お玉はこくりと頷いて見せた。

「よし。お玉が無事とわかったろう。九十九、隠し場所を吐け」

柴が苛だちを隠さず言った。

「お玉をこちらにわたせ。わたせば隠し場所がわかる」

「じじい、我慢にも限度があるぜ。造六、お玉の首根っこを、おれがやれと言ったらすぐにへし折れ」

「へい」

造六がもう一方の掌で、お玉の細い首をにぎるようにつかんだ。

「小細工をしているのではない。ここでお玉をわたしても、逃げることなどできぬだろう。われらはみな、あんた方の手の中にいる。隠し場所を教えると言っておるのに、何をためらう」

柴と雁助が目配せした。

雁助のほうが先に頷いた。早く、と急いている様子だった。

柴は九十郎へ向きなおり、口元を不敵に歪めた。怒りを露わに睨みつけ、後ろの造六に言った。

「よし。お玉を離せ。これが最後だぜ、九十九」

「おまさちゃん」

お玉がおまさへ駆け寄り、おまさの両腕の中に飛びこんだ。

「よかった」

おまさはお玉を、両腕でしっかりと抱きかかえた。

「恐かったかい」

「ううん、おまさちゃんのことを考えていたから、恐くなかった」

「そうかい。えらいね。いい子だね」

おまさは菅笠の下で、お玉に頬ずりした。

「おまささん、お玉を少々こちらへ」

九十郎が言うと、

「お玉、ちょっとの間だから、九十九さんの言うとおりにしておくれ」

うん、とお玉はおまさの腕から離れ、九十郎の傍らに立った。

「よし、お玉。無事でよかったな。おまさちゃんと一緒に帰るぞ。だがその前に、お玉のこの帯をおじさんに貸してくれるかい。ちゃんとかえすから」

「いいよ。でも、父ちゃんが買ってくれた大事な帯だから、かえしてね」

「用が済めばかえすぞ。帯の中からとり出さないといけない物があるのだ。少しほどいてもいいかい。あとで縫えば直るからな」

九十郎は眼鏡を指先であげて、微笑んだ。

お玉は素直に頷いた。四歳の子なりに大事な事なのだと、感じとっている。

「えらいな、お玉」

藤五郎がお玉のふり分け髪をなでて言った。

九十郎は、お玉の胸にぐるりと廻した蘇芳色の羽二重の帯に触れた。

帯は厚地で上等な誂え物だった。子供用の帯には贅沢すぎた。

九十郎はお玉の袖なしの中に手を廻して、帯の結び目を解いた。

「父ちゃんは、この帯を大事にするようにと言ったのか」

「うん、大事にするんだよって、言ったよ」

「旅に出る前、父ちゃんが誂えてくれたのだな」

帯をはずし、それを茣蓙のうえに寝かせ、上から掌を押していった。

お玉はおまさの腕の中に戻り、九十郎の仕種を見守った。

みなの目が、九十郎の手元へいっせいにそそがれていた。

ふと、帯だけとは異なる感触がわずかに掌にかえってきた。

小刀に差した小柄を抜き、羽二重の帯をほどいた。ほどき目から手を差し入れ、紙の束にざわと触れた。

抜き出すと、それは桐油紙にくるんだ折り封の何かの書状だった。

桐油紙をとり、折り封を解いて一通の書状をとり出した。

それを開き、九十郎は眼鏡を指先であげ、行灯に近づけ目を素早く通した。

「あった。隠し場所はこれだ。わたすぞ」

柴の前に、開いた書状をふわりとおいた。

柴が慌ててつかみとり、書状を震わせながら読んだ。

雁助が横から顔を寄せて書面を読み始めた。二人の唇が小さく動いている。

後ろから造六がのぞきこみ、なんだ？　というふうに首をかしげた。

「くそ、充助め。こんな手を使いやがった」

最初に喚いたのは、雁助だった。

「為替手形だ。為替手形にして、上方で金に替える腹だった。畜生。こういう手があったか」

柴がうなった。

「そのとおり、七百六十両の為替手形だ。凄い額だ。空米取引でずいぶん儲けたのだな。充助はそれを手形に替えた。振出人は神崎屋卸し方番頭の雁助。名宛人は同じく神崎屋卸し方手代・充助だ。振出人から名宛人への裏書と印もある。おそらく上方での商い(あきな)の資金の名目で、空米取引の儲けを為替手形に替え、上方で換金する狙いだった。商いの勘定を任されている雁助さんがいればこそ使える手だった。女房のお紺と娘のお玉は秩父の里方へ預け、充助ひとりで上方に上る腹だったとか、どういう手だてをこうじていたかは充助に聞いてみねばわからぬ。だが、とも角それがあんた方の狙っていた物だ」

為替手形とは、手形の振出人、裏書、引受人と保証、そして参加引受人、と五つの人や行為のかかわりによって成りたつ、金銭支払いの手段である。文面には、《誰それへこの為替手形と引き替えに何両をお支払いください》などと書かれている。

江戸時代、商いの売買は現代とほとんど変わらぬ仕組で、手形によって決済が行われていた。

柴は小刻みに震える手で手形を睨みながら、乾いた声で笑った。

「充助め、とんだ手間をとらせやがって。よかろう、九十九。こっちもお玉をかえした。かけ合いは成立だ。仕舞屋の手柄を褒めてやるぜ。これでおめえらに用はねえ。この船で柳橋まで送らせる。おれたちはここでおさらばだ。おめえらとは金輪際、会ったことのねえ他人だ。お互い、それでいこうぜ」

そう言い捨て、柴と雁助が座を立った。

舳へ出ていき、横づけになった猪牙に乗りこんだ。

造六が従い、艫屋根の下にいた庄助も障子戸を閉じて姿を消した。

猪牙が屋根船を離れていき、柴が屋根船のほうへ、じゃあな、というふうに手をかざした。月の光の下で、にやついた顔を濃い影が隈どっていた。

屋根船が静寂に包まれた。

「存外、あっさりと済みやしたね。やれやれ」

藤五郎は言った。しかし、九十郎は下げ緒をほどいて襷にかけ始めた。

「だ、旦那」

藤五郎が目を丸くした。おまさも気づいていて、菅笠をかぶり、引廻し合羽を払った。そして、目にも鮮やかな青紬の裾を端折った男帯の結び目に挟んだ匕首を引き抜いた。一方の手でお玉を抱き寄せ、

「お玉、何があってもわたしにしがみついているんだよ。絶対、手を放しちゃいけないよ。ずっと一緒だからね」

と言い聞かせた。

「うん。ずっと一緒にいてね」

「お玉と一緒で、やれるかね」

おまさは九十郎へふり向き、大きくひとつ頷いた。

藤五郎は唖然として、二人を見つめている。

「柴らは、端からわれらを生かしておくつもりはない。われらが消えれば、あいつらの罪を明かす証拠は何も残らない。だから、金輪際会ったことのない他人なのだ。お互い、それでいこうというわけだ。藤五郎、支度しろ」

九十郎は菅笠をつけた。

「承知。そうとわかりゃあ、目に物見せてやりやすぜ」

藤五郎は、腰の木刀を抜きはなった。よろけ縞の羽織を脱ぎ捨て、尻端折りをさらに引き締めた。

すると、静寂の中にひそかな櫓の軋みが船溜りの二方向から聞こえてきた。

東から一艘、西からも一艘が近づいてくる。

「藤五郎、そっちを見ろ」

九十郎は藤五郎に言い、再び西側の船溜りの戸をわずかに透かした。

柴らを乗せて去った猪牙が、新たな男らを乗せて近づいてきていた。

舳に造六が片膝立ちになって月の光を浴び、後ろに身をかがめた庄助がこちらの様子をうかがっている。

「旦那、こっちの船には、ひふうみい……船頭を入れて九人。侍もおりやすぜ」

藤五郎が言った。

九十郎は戸を閉じ、おまさに言った。

「こっちの船には五人。おまささん、やつらが乗りこんでくる前に向こうへ飛び移り、船を奪うのです。やれますか」

「承知」

おまさはお玉を抱き寄せて言った。

「藤五郎はおまささんの後ろを守りながら乗り移り、櫓をとれ。小名木川から大川へ船で逃げるのだ。いいな」

「心得やした。旦那は」

「ここで、そっちの船の者らを迎え討ち、隙を見て飛び移る。わたしにかまわず、船をどんどん出せ」

「いいんでやすか」

「いいのだ。四の五の言っている暇はないぞ」

と、行灯の明かりを、ふっ、と吹き消した。

その間にも、櫓の軋みが次第に近づいていた。

九十郎は東からくる船に備え、お玉を抱き寄せたおまさと藤五郎は、船縁の陰に身を沈め、西側からくる船に備えた。

ほどなく、櫓の軋みが止まった。

いっさいの物音が途絶え、ただ、屋根船の両側から、忍び寄る船の気配だけが伝わってくる。船溜りに沈黙の殺意が充満した。

九十郎は鯉口をきり、ゆっくりと刀を抜き放った。

ごと……

船縁が鳴った。

不意に、艫の障子戸が音高く引き開けられた。

月明かりが艫屋根の男の身体を黒く隈どっていた。

かざした長どすが月明かりに映えた。

艫で煙管を吹かしていた男が、膝を落とし、突進を図っていた。

九十郎は声を押し殺し、片膝立ちに刀を影の腹へ突き入れた。

「ぐうっ」

と影が短くうめき、突き入れた刀に手ごたえがかえってきた。

さらに突き入れて押しかえし、刀を引き抜いた。

影は身体を折った。よろけて後退り、艫屋根の板子に尻から落ち、屋根船がゆれた。それから長く低いうめき声を発し、身をよじった。

それが合図になった。

突然、両側の障子戸が、大粒の雨が激しく叩くように、鳥が耳元で羽ばたくように鳴り出した。

両側の障子を貫き、何本もの竹槍が屋根の下に突きこまれたのだ。

竹槍のほかに枕槍と思われる素槍もまじっていた。

突きこむ男らの罵声（ばせい）と、荒い吐息やうなり声が聞こえた。

竹槍は、突き入れては引き、引いては突きこんでくる。

屋根船の鴨居（かもい）や敷居に、かんかんと竹槍があたった。

障子戸のひとつが、敷居からはずれそうになって傾いた。障子戸の桟が破片になって飛び散った。その中で造六が、

「突っこめ」

と叫んだ。

竹槍が引き戻され、低いどよめきとともに男らは長どすをかざした。

おまさが障子戸を突き破ったのは、その一瞬だった。

おまさの合羽が月の光をあおってひるがえり、青紬が夜空に躍動した。

白の股引（ももひき）、黒の脚絆に草鞋がけの旅人姿が月光に映えた。

その片腕に、赤い袖なしのお玉を抱きかかえている。

「ああ？」

造六が夜空のおまさを見あげた次の瞬間、舳の板子に飛びおりたおまさの匕首が造六の眉間（みけん）に鳴った。

眉間を割られた造六は堪らず顔を伏せた。

伏せながら、長どすをふりあげた手首から先が、おまさの匕首の一閃で、長どすごと船溜りへ吹き飛んでいった。

造六は悲鳴を残し、水面に跳ねた手首と長どすを追って舳から転落した。

そこへ、おまさの背中へ庄助が斬りかかる。

すかさず、身体を板子につきそうなほど折り畳んで庄助の長どすに空を斬らせ、反転し様、下から庄助の喉を貫いた。

庄助はひと言も発することなく、突きあげられた相貌を夜空へ呆然と投げた。匕首を引き抜くと同時に、仰のけに水面へ転落していく。そのすぐ後ろから、

「喰らえ」

と、新手が庄助を飛びこえ、おまさへ竹槍を突き入れた。

おまさはその槍先を、かん、とはじきあげた。

そして、お玉を片手抱きのまま小縁へしなやかに身を躱し、幅の狭い小縁の上を爪先立ち、獣のように伝って男の傍らをひと回転しながら首筋をひと薙ぎしてすり抜ける。

一瞬、男はおまさを見失い、気がついたときは、ふり向く間もなく首筋から血を噴き、叫びながら水面へ突っこんでいった。

四人目の男は、小縁を伝って再びさなにおり立ったこの化け物みたいな女から逃げるか戦うかを逡巡した。そのため、斬りかかるのが遅れた。

怯えた男は、むやみに刀をふり廻した。

おまさは、それを易々と右に左にと躱し、ためらいなく男の懐へ踏みこんで袈裟に浴びせた。

叫び声をあげてよろけたところへ、二の太刀を肩から胸に再び打ち落とした。

男は身体を震わせて刀を落とし、膝からくずれた。小縁へ凭れかかり身体を支えたが、縁を軸にゆっくり回転し、ずるずると水中へ没していった。

藤五郎は、おまさのあとから喚きながら、障子戸を蹴破り、艫の船頭へ襲いかかっていったのだった。

船頭は棹を両手にかざし、板子に飛び移った藤五郎の木刀を受け止めた。

木刀と棹が鈍い音をたて、棹が折れ曲がった。折れ曲がった棹と一緒に、木刀が頬かむりの船頭の頭で鳴った。

「あ痛たっ」

船頭が顔をしかめた。

咄嗟に、船頭へ肩から体あたりを喰らわし、もろともに艫から転落しそうになったが、転落をかろうじて堪え、船頭だけが水飛沫をたてた。

だが、船頭は落とされまいと必死に藤五郎の足にとりすがったから、藤五郎も板子に尻餅をついた。

「この野郎、許さねえぜ」

藤五郎は、足につかまった船頭の頭へ木刀の雨を降らせた。

わあわあ、と船頭は喚いたものの、頭に木刀をしたたかに受け、そのうち藤五郎の足から離れ、ぐったりとなって水面を漂い始めた。

ようやく起きあがったとき、おまさが「船をっ」と叫んだ。

「よしきた。旦那、いきやすぜ」

藤五郎は櫓をつかんで、屋根船へ叫んだ。

一方、屋根船の九十郎は片膝立ちに刀をわきへたらし、いっせいに乗りこんでくる男らを迎え討った。

三枚戸がもろくも蹴り破られ、男らが次々と飛び移ってくる。

垂らした刀を下から掬（すく）いあげた。

最初に飛びこんだ浪人の腹を、ぶん、とうなる一撃が打ちあげた。

浪人は一歩を踏みこんだだけで、仰のけに屋根船から転がり落ち、猪牙と屋根船の船縁の間に水飛沫をあげる。

その後ろに続く男の長どすが、屋根船の鴨居を噛（か）んだ。

間髪（かんはつ）容れず刀をかえして胴をえぐり、舳側より乗り移った枕槍の突きを払いあげた。ひとりは鴨居に長どすを残し、腹をかかえて猪牙へ転落し、枕槍の穂先は屋根の〆板を貫いた。

すかさず反転し、艫側から打ちこむ長どすを鋼（はがね）の音も高らかに受け止めた。

鋼を軋らせつつ押しこみ、さらに押しこんで首筋へ刃を押しあて撫（な）で斬った。

悲鳴をあげた男は、血飛沫を噴きつつ、艫屋根の下の身悶（みもだ）える船頭の上に折り重なっていく。

そのとき、〆板から穂先を抜いた枕槍の浪人が九十郎の背中へ、「それっ」と突き入れた。

ぎりぎりで躱したが躱しきれず、穂先で肩の布地を裂かれた。

かまわず、浪人の喉を左手でつかみ、喉の骨が音をたてるほどねじった。

と同時に、舳側からの新手の一撃を打ち払い、猪牙から乗り移ってくる男らへ向け、喉首をつかんだ浪人を突き放した。

「わあ」

と、浪人と男らがからみ合って猪牙へ倒れこみ、咄嗟、続いて刃を合わせた男を勢いよく蹴り飛ばした。

だが、男らは沸きたつように起きあがってくる。そこへ、

「旦那、いきやすぜ」

と、藤五郎の叫びが聞こえた。

「心得た」

九十郎は、刀を縦横にふり廻してうならせ、男らを怯ませた。

その一瞬、藤五郎とおまさの猪牙へ身を躍らせた。

猪牙のさなに着地した即座、藤五郎が懸命に櫓を操る。

巧みとは言えないが、猪牙はゆらりと屋根船から離れ、屋根船に残った男らが

口々に「逃がすな」「追え、追え」と喚きたてた。

「おまささん、お玉は無事か」

九十郎は荒い息の中で言った。

「このとおり」

かえり血に汚れたおまさが、引廻し合羽の中に抱きかかえたお玉を見せた。

お玉が目を瞠(みは)って九十郎を見あげていた。

九十郎は眼鏡をなおし、お玉の目の中に映った月を見て笑った。

ほどなく、屋根船の反対側から廻りこんで追ってくる猪牙が見えた。

「旦那、やつら追ってきやすぜ」

「ふうむ、やつらも必死だな」

追手の櫓のさばきは、藤五郎より巧みだった。

「くそ、負けねえぜ」

と、藤五郎の櫓が櫓床で老いぼれが咳(せ)きこんでいるような音をたてた。

猪牙は船溜りから入り堀へ入った。入り堀を出ると小名木川である。

と、ほどなく小名木川へ出るあたりに差しかかったとき、入り堀に架かった橋

の上に人影が二つ走り現れた。藤五郎が人影を見つけ、

「あっ、旦那、あれを」

と叫んだ。

九十郎はふりかえり、橋の上で月に照らされている柴と雁助の羽織姿を認めた。

柴と雁助は羽織を脱ぎ捨て、着流しを尻端折りにした。

橋から船に飛び乗るつもりらしかった。

すでにおまさは気づき、胴船梁の先で身がまえていた。

柴も雁助も、三人を逃がすわけにはいかなかった。

三人を生かしておいては、自分たちの身の破滅は明らかである。

「やるしかねえぜ、雁助」

「しょうがない。こうなりゃ、生きるか死ぬかだ」

柴は腰の大刀を抜き放ち、雁助も懐の匕首をつかんでいた。

二人は手すりをまたぎ、猪牙が橋の下に近づくのを待ちかまえた。

引廻し合羽の中に雛（ひな）を守る母鳥のようにお玉を抱きかかえたおまさが、手すり

につかまった柴を睨みあげていた。

月の光を受けたおまさの顔は、真っ青な般若に見えた。

猪牙は十分に近づいた。

「いくぜっ」

おまさ目がけて身を躍らせた。続いて雁助が飛んだ。

柴は宙で上段へとった。

おまさはまだ、雛を庇う母鳥のように身をかがめている。

容赦なく一刀両断にしてやるぜ。てめえは、生かしちゃおかねえ……

「化け物が」

柴はさなへおり立った勢いで、ひと声吠え、雛を庇う母鳥へ渾身の一撃を浴びせた。

だが、その一撃を受け止めたのは、おまさの背後より差し出された九十郎の一刀だった。

二刀が打ち鳴り、火花が散った。
九十九、てめえ、と思った刹那、おまさの匕首が柴の腹を深々と貫いた。

「あっ」

柴は身体を丸めた。

一瞬、身体が固まった。

おまさがすかさず匕首を抜きとり、夜空へかざすのを目で追った。それから、月の光の下で一閃を浴びた。

身体が傾き、川面(かわも)が見えた。

畜生、なんでだ、と思ったが、どうしようもなかった。

気がついたときはもう水中に没していた。

頭がぼんやりして、何も感じなかった。痛くも冷たくもなかった。

水中から猪牙の船底を見あげた。

船底の傍らに、雁助の身体が波をたてたのがわかった。雁助の手から離れた匕首が、ゆらゆらと雁助の身体より先に沈んできた。

やがて、川面にわずかな波を残し猪牙の船底は消え去った。

静かになった川面に、月の光だけが射していた。

終　償い

三月の下旬、お兼新道と平永町の角にある湯屋二階の休憩部屋には、西側のお兼新道と南側の小路側の障子戸を開け放った出格子窓から、生ぬるいそよ風が吹きこんでいた。

そよ風はまるで、ふわふわと音をたてるかのように、下帯ひとつで寝そべっている隠居や、囲碁や将棋に興じる浴衣(ゆかた)姿の隠居、数人が集まり、倅(せがれ)の継いだ家業や嫁や孫の話などをわいわいとやっている近所の隠居らの間を流れていた。

朝の四ツすぎだが、今日は普段より隠居の姿が多かった。

茶酌(ちゃく)み女のお民が忙しそうに休憩部屋の畳をゆらしている。

階段の手すりのそばの竈(へっつい)にかけた茶釜(ちゃがま)が、ゆるゆると湯気をのぼらせている。

その休憩部屋の隅で、若松町弁次郎店の家主の弁次郎、樽(たる)屋の職人卓蔵、魚売りの行商の半吉、板前の広助の四人が、浴衣姿の九十郎を囲んでいた。

九十郎と四人をとり持つように、いつものよろけ縞ではなく、ふと縞の羽織を着けた藤五郎が坐っていた。

九十郎は出格子窓の壁へ凭れかけ、胡坐をかいている。

座の中に煙草盆がひとつと、それぞれの前には藤五郎の言いつけた茶碗がおかれているが、茶はもう湯気をたてていない。

「……というわけでございまして、犬屋敷の番人が二人がかりで金吾を桜木さまの門前に引き出しますのに、大苦労の様子でございました。けたたましく吠えるわ首を折れ曲がるようにふるわ、綱に咬みついて嚙みちぎろうと暴れるわで、やっと荷車の檻に入れるところまできたんでございます。そしたらこう前脚を突っ張りましてね。主を呼んで、吠えると言うより泣くんでございます」

家主の弁次郎が、犬の仕種を真似た。

弁次郎は、桜木留之進の飼う秋田犬の金吾が、中野村の犬屋敷に入れられるために、桜木家門前に引き出された様子を語っていた。

店子の三人は、弁次郎の語る話に一々頷きながら聞いている。

「それで、桜木留之進の様子はどうだったのですか」

と、腕組みをした片手で煙管をもてあそびながら、九十郎は訊いた。

「それがまた、犬の金吾以上の悲しみようなのでございます。涙をぼろぼろとこぼしながら、裸足で門前へ走り出てまいられ、用人の桑原さまやご家来衆が止めるのも聞かず、金吾、金吾と呼びながら、檻に入れられる金吾にすがりつこうとなさるのです。当然、金吾は桜木さまに気づいて、いっそう悲しげに吠え、桜木さまはご家来衆に両腕をとられた格好で身をよじり、地団太を踏み、歯嚙みをし、今にも七転八倒しそうな悲しみようでございました」

「へえ。天下の旗本の殿さままでも、そんなふうになるんですかね。高が、と言っちゃあなんですが、犬一匹でしょう」

藤五郎が口を挟んだ。

「それだけ、金吾を愛おしんでいるということだ。高が犬一匹だろうと、飼う者が愛着を抱くのは間違ってはいない。初めからほかの者も自分と同じように、愛おしむ人や物があることに気を働かせれば、よかったのだがな」

九十郎は腕組みを解き、煙管に煙草盆の刻みをつめ始めた。つめながら、

「あんたらも、それを見ていたのかね」

と、卓蔵から半吉、広助と見廻した。

「いえ、あっしらは仕事があって見てはおりません。ただ、女房らが見ておりまして、初めはみなと一緒に笑っておりましたが、桜木家の殿さまのあられもない悲しみぶりに、だんだん可哀想になってきたと言っておりました」

藤五郎が、ふん、と鼻を鳴らした。

九十郎は煙管に煙草盆の火種をつけ、ゆっくりと一服した。くゆらせた煙がそよ風にゆれてのぼっていく。

「で、用人の桑原久三さまがわたしどもの店に見えられましたのは、その日の夕刻でございます。桑原さまは、これはとりあえず卓蔵と半吉と広助の子らへと、見舞金を出されたうえで、仰られました。桜木家の殿さまは改めて、飼い犬の金吾によってけがを負った子供と親に、けがの治療代と詫び代を支払い、自らうちの店にお見えになって詫びを入れられるおつもりである。であるゆえ、中野村の犬屋敷に収容された金吾の御免願いを、桜木留之進さまの上役である小普請奉行さまに出してもらえないか、というお言葉でございました」

ふむ、と九十郎は頷き、煙管を灰吹きに軽く打ちあて、吸殻を落とした。

「それで？」

藤五郎が三人のほうへ言った。

「この三人と女房子供らも集めて、そういうことだが、それでよいかと相談いたしますと、飼い主がちゃんと飼えば犬に罪はないんだからねと、みなそれでよいと申しますので、金吾の御免願いを出すことにいたしました。これでまあ、とりあえずは一件落着でございます」

「ありがとうございました」

と、三人の親たちが声をそろえて言ったので、休憩部屋の隠居らが、何事だというふうに九十郎らのほうへ向いた。

九十郎はお七が、犬が可哀想です、と言ったのを思い出していた。

飼い主が改心したら、犬をかえしてあげればいいんです……

ふむ、お七は優しいな、と九十郎は思った。

弁次郎ら四人が引きあげ、見送りに階下へおりていた藤五郎が、休憩部屋にまたあがってきた。九十郎は出格子窓の敷居に肘を乗せて寄りかかり、お兼新道へ折れていく弁次郎ら四人の後ろ姿を、漫然と眺めていた。

「やれやれ、ひとまず、どれもこれも始末がつきましたね」

藤五郎が九十郎の前に坐って、くだけた様子で言った。

「ついたな」

と、九十郎は弁次郎らの姿が見えなくなったお兼新道へ、なおも漫然とした目を向け続けていた。

「あとは桜木家の詫び代が、幾らぐらいになるかですね」

その詫び代の一割五分が、仕舞屋の手間代になる約束である。

「幾らぐらいかな」

九十郎は、気乗りのしない返事をかえした。

「なんですか、旦那。どうでもよさそうな返事をして。仕舞屋の稼ぎの話なんですから、もっと身を入れてくださいよ」

「身を入れねばな」

九十郎はまた無気力に言った。しかしそのあと、

「昨日、橘に会ってきた。柴や雁助の一件がどうなったか、訊きにいったのだ」

「ええ？　そうなんですか。そんなことをして、大丈夫なんでしょうね。妙な詮索をして、こっちに疑いの目が向いたりはしないでしょうね」

「大丈夫だ。その話を今日は藤五郎に聞かせてやろうと思っていたのだ」

九十郎はお兼新道を眺めている。

「どうだったんですか」

「ふむ」

「もう、じれったいな。早く言ってくださいよ」

「柴が脱ぎ捨てた羽織の袖から、例の為替手形が見つかって、充助の空米取引の仲間が、柴六十次と神崎屋の卸し方の番頭の雁助と判明したそうだ。で、どうやら、青梅宿での充助夫婦の殺害も、先日の深川の船溜りの斬り合いも、仲間割れが起こった、という見たてに落ち着いたそうだ。とも角、空米取引の当事者がみな亡くなったし、為替手形の金は神崎屋に戻されたしで、調べようがなくなったということだそうだ。結局何も変わらず、少々欲をかいた者らだけが命を落とした、というだけだった。もっとも、八丁堀の柴の家は、同心の番代わりは許されないらしい。空米取引の仲間だったのだから、不届き千万というわけだ。柴の家は、同心株を売り払って、八丁堀の組屋敷も追われることになるそうだ」

九十郎は、出格子窓のほうから向きなおり、煙管を咥えた。火をつけず、目を天井へ泳がせ、煙管の吸い口を嚙んだ。吸い口が、小さく鳴った。

「そうなんですか。なんだかな、馬鹿みたいな話ですね。あれだけ大騒ぎして、虚しいな」

「確かに、虚しい」

「けど、青紬のおまささんには、この事を知らせてやりたいですね。知らせたからって、どうということじゃねえでしょうけど」

「ああ、どうということはねえだろうな」

「お玉はどうしていますかね。いまごろはきっと、秩父の祖父ちゃん祖母ちゃんのところでしょうね」

「ふむ。秩父の祖父ちゃん祖母ちゃんのところかな」

九十郎は宙へ目を泳がせ、煙管の吸口を嚙んだ。

同じころ、野州の宇津宮から氏家へ向かう往還の鬼怒川の川原で、赤い袖なしの童女が、川原の丸い綺麗な石ころを拾っていた。

白い脚絆に白い手甲をつけ、蘇芳色の羽二重の帯を締め、ふり分け髪を肩に垂らし、頭には宇津宮で買ってもらった赤い組紐で、小さな髷をちょこんと結えていた。

川原の先の土手道に、お休み処の幟をさげ、葭簀をたてた茅葺屋根の掛茶屋があり、生木の格子窓から竈の煙がのぼっている。

掛茶屋の前の道を、旅人がちらほらと通りすぎていく。

童女は綺麗な丸い石ころを拾い、それを小さな掌に載せ嬉しそうに眺めた。

それから童女は、また川原の石を探し始めた。探しながら口ずさんだ。

「さても見事なおつづら馬よ。下にゃ氈しき小姓衆をのせて……」

童女は同じ唄を繰りかえし、石を探し歩いている。

そのとき、青紬を裾短に着け、ゆるやかに反った菅笠を目深にかぶった旅姿の背の高い女が、掛茶屋の葭簀の陰から出てきた。女は手に杖を持ち、片手で菅笠をあげ、鬼怒川の川原を眺めやった。そして、白い頤に朱の紅を刷いた唇をゆるめ、

「お玉、いくよ」

と、艶やかな声を投げた。

雲間から見える青空へ、女の声が響きわたった。

お玉は川原から顔をあげ、嬉しそうな笑みを女のほうへ向けた。

「おまさちゃん」

お玉は川原の石を鳴らし、おまさのほうへ駆けた。駆けながら、

「さても見事なおつづら馬よ。下にゃ氈しき小姓衆をのせて……」

と口ずさんだ。

本書は2016年6月に刊行された徳間文庫の新装版です。
なお本作品はフィクションであり実在の個人・団体などとは一切関係がありません。

本書のコピー、スキャン、デジタル化等の無断複製は著作権法上での例外を除き禁じられています。本書を代行業者等の第三者に依頼してスキャンやデジタル化することは、たとえ個人や家庭内での利用であっても著作権法上一切認められておりません。

徳間文庫

仕舞屋侍(しまいやざむらい)

青紬(あおつむぎ)の女(おんな)

〈新装版〉

© Kai Tsujidô　2025

2025年3月15日　初刷

著者　辻堂魁

発行者　小宮英行

発行所　株式会社徳間書店

東京都品川区上大崎三―一―一　〒141―8202
目黒セントラルスクエア

電話　編集〇三(五四〇三)四三四九
　　　販売〇四九(二九三)五五二一

振替　〇〇一四〇―〇―四四三九二

印刷
製本　中央精版印刷株式会社

ISBN978-4-19-895004-0　(乱丁、落丁本はお取りかえいたします)

徳間文庫の好評既刊

辻堂 魁

仕舞屋侍

公儀御小人目付として隠密探索と剣の達人だった九十九九十郎。ある事情で職を辞し、今はもめ事の内済屋を営む。七と名乗る童女が賄いの職を求めて訪れ、居付いてしまうが、料理の腕は九十郎を唸らせる。同じ日、不忍池の畔で追剝ぎに斬り殺された山同心の妻、お照の依頼を受ける。夫がたびたび夢に現われて無念を訴えるという。お照は三十両を添えて、涙ながらに真相解明を懇請した。

徳間文庫の好評既刊

辻堂魁
仕舞屋侍
狼

表沙汰にできない揉め事の内済を生業にする九十九九十郎。若い旗本が御家人の女房を寝取り、訴えられていた。交渉は難航したが、九十郎のとりなしで和解が成立。だが旗本は手間賃を払おうとしないばかりか、数日後に牛込の藪下で死体となった。旗本は銭屋「倉田」に大金を預けており、九十郎にも嫌疑がかかる。事件解明に乗り出した九十郎は、銭屋の番頭に怪しい匂いを嗅ぐ。長篇剣戟小説。

徳間文庫の好評既刊

辻堂魁

疾風の義賊

孤児の乱之介は人買から小人目付の斎権兵衛に拾われ、生きるための知恵を身につける。芸人一座に身をやつした乱之介は、米価を操る悪徳仲買らを拉致、身代金を要求して江戸庶民の喝采を浴びた。若き目付、甘粕孝康は、面子を潰された上席の鳥居耀蔵から乱之介捕縛を命じられる。己の義を信じ剣を恃みに生きる者同士、対決の時は迫る。長篇時代剣戟。

徳間文庫の好評既刊

辻堂魁

疾風の義賊㈡

叛き者

斎乱之介は、無実の罪を着せて養父を刑死に追いやった鳥居耀蔵に復讐を誓い、孤児時代の仲間と天保世直党を名乗る。旅芸人に身をやつした道中、渡良瀬川の出入りで瀕死の傷を負った渡世人から末期の託けを頼まれた。江戸で医者をしている弟に、国許の父に会いに帰るよう伝えてくれという。乱之介は危険を顧みず、目付の甘粕孝康ら追捕の目が光る江戸に戻る決意をするが……。長篇時代剣戟。

徳間文庫の好評既刊

辻堂魁
疾風の義賊三
乱雨の如く

斎乱之介は料理茶屋の板前に身をやつしながら、養父を刑死へと追いやった目付の鳥居耀蔵への復讐を胸に秘めていた。料理茶屋自体が天保世直党の隠れ蓑でもあった。隠密廻り方同心が読売屋を使嗾して執拗に乱之介の出自を探っていた。その秘密が、陸奥笠原家のお家騒動に絡む意外な事実とともに明らかになったとき、新たな敵が牙を剝いて乱之介たちに襲いかかった。長篇時代剣戟。

徳間文庫の好評既刊

坂井希久子
髪結いお照 晴雨日記
同業の女

オリジナル

ある髪結いの死体が見つかった。お照が同業であると告げ口した女らしかった。女髪結いが咎められる世。生業を明かされたことを恨んで殺したのではないか——お照は人殺しの濡れ衣を着せられてしまう。疑いを晴らしたければまことの下手人を捜すよう同心に命じられたお照。その命令には何か裏がありそうで……。己のため、無念のうちに命を落とした者のため、お照は江戸の町を奔走する！

徳間文庫の好評既刊

有馬美季子

小鍋屋よろづ公事控

書下し

夫婦で営む小さな小鍋屋「よろづ」は今日も千客万来。鍋の具は鰆と七草、メバルと韮など滋養満点の旬のものばかり。つまみにしても飯のおかずにしても抜群で、客に愛されていた。女将のお咲は、元公事師。そんな裏の顔を知っている常連たちは、揉め事の相談をするようになるが……。美味しい小鍋と公事知識でお客の悩みをほっこり解決！　江戸の人情にお腹も心も温まる新シリーズ開幕。